Tous Continents

Collection dirigée par
Anne-Marie Villeneuve

De la même auteure chez Québec Amérique

Adulte

Au bonheur de lire, Comment donner le goût de lire à son enfant de 0 à 8 ans,
   coll. Dossiers et Documents, 2009.
Pour rallumer les étoiles, coll. Tous Continents, 2006.
Le Pari, coll. Tous Continents, 1999.
Marie-Tempête, coll. Tous Continents, 1997.
Maïna, coll. Tous Continents, 1997.
La Bibliothèque des enfants, Des trésors pour les 0 à 9 ans,
   coll. Explorations, 1995.
Du Petit Poucet au Dernier des raisins, coll. Explorations, 1994.

Jeunesse

SÉRIE CHARLOTTE

Une gouvernante épatante, coll. Bilbo, 2010.
La Fabuleuse Entraîneuse, coll. Bilbo, 2007.
L'Étonnante Concierge, coll. Bilbo, 2005.
Une drôle de ministre, coll. Bilbo, 2001.
Une bien curieuse factrice, coll. Bilbo, 1999.
La Mystérieuse Bibliothécaire, coll. Bilbo, 1997.
La Nouvelle Maîtresse, coll. Bilbo, 1994.

La Nouvelle Maîtresse, Livre-Disque, 2007.

SÉRIE ALEXIS

Macaroni en folie, coll. Bilbo, 2009.
Alexa Gougougaga, coll. Bilbo, 2005.
Léon Maigrichon, coll. Bilbo, 2000.
Roméo Lebeau, coll. Bilbo, 1999.
Toto la brute, coll. Bilbo, 1998.
Valentine Picotée, coll. Bilbo, 1998.
Marie la chipie, coll. Bilbo, 1997.

SÉRIE MARIE-LUNE

Pour rallumer les étoiles – Partie 2, coll. Titan+, 2009.
Pour rallumer les étoiles – Partie 1, coll. Titan+, 2009.
Un hiver de tourmente, coll. Titan, 1998.
Ils dansent dans la tempête, coll. Titan, 1994.
Les grands sapins ne meurent pas, coll. Titan, 1993.

La Grande Quête de Jacob Jobin, Tome 2 – Les Trois Vœux, coll. Tous Continents, 2009.
La Grande Quête de Jacob Jobin, Tome 1 – L'Élu, coll. Tous Continents, 2008.
Ta voix dans la nuit, coll. Titan, 2001.
Maïna, Tome II – Au pays de Natak, coll. Titan+, 1997.
Maïna, Tome I – L'Appel des loups, coll. Titan+, 1997.

La Grande Quête de

JACOB JOBIN

TOME 3
LA PIERRE BLEUE

Catalogage avant publication de Bibliothèque et Archives nationales
du Québec et Bibliothèque et Archives Canada

Demers, Dominique
La grande quête de Jacob Jobin
(Tous continents)
Sommaire: t. 1. L'élu -- t. 2. Les trois vœux -- t. 3. La pierre bleue.
ISBN 978-2-7644-0606-9 (v. 1)
ISBN 978-2-7644-0699-1 (v. 2)
ISBN 978-2-7644-0787-5 (v. 3)
I. Titre. II. Titre: L'élu. III. Titre: Les trois vœux. IV. Titre: La pierre
bleue. V. Collection: Tous continents.

PS8557.E468G69 2008   C843'.54   C2008-941501-9
PS9557.E468G69 2008

Conseil des Arts   Canada Council
du Canada   for the Arts

SODEC
Québec

Nous reconnaissons l'aide financière du gouvernement du Canada par
l'entremise du Fonds du livre du Canada pour nos activités d'édition.

Gouvernement du Québec – Programme de crédit d'impôt pour
l'édition de livres – Gestion SODEC.

Les Éditions Québec Amérique bénéficient du programme de subvention
globale du Conseil des Arts du Canada. Elles tiennent également à
remercier la SODEC pour son appui financier.

Québec Amérique
329, rue de la Commune Ouest, 3ᵉ étage
Montréal (Québec) Canada H2Y 2E1
Téléphone : 514 499-3000, télécopieur : 514 499-3010

Dépôt légal : 4ᵉ trimestre 2010
Bibliothèque nationale du Québec
Bibliothèque nationale du Canada

Projet dirigé par Marie-Josée Lacharité
avec la collaboration d'Anne-Marie Villeneuve
Révision linguistique : Claude Frappier et Chantale Landry
Mise en pages : Karine Raymond
Conception graphique : Nathalie Caron
Illustration en couverture : Henry Fong – www.henryfong.ca

Imprimé au Canada

DOMINIQUE DEMERS

La Grande Quête de

JACOB JOBIN

TOME 3
LA PIERRE BLEUE

QUÉBEC AMÉRIQUE

À ma lumineuse belle-fille Marjorie

RÉSUMÉ DE *LA GRANDE QUÊTE DE JACOB JOBIN*
TOME 2 — *LES TROIS VŒUX*

Après un difficile retour à la réalité, Jacob Jobin n'a qu'une idée en tête : retourner le plus rapidement possible au royaume caché pour poursuivre sa mission. Malheureusement, les forces vives nécessaires à l'accomplissement de sa quête manquent cruellement et il semble condamné à rester prisonnier du manoir de son oncle Théodore.

À la suite d'un entraînement rigoureux, l'élu reprend son existence dans le monde caché exactement là où il l'avait laissée, c'est-à-dire dans la prairie au sud des montagnes de Tar. Échappant miraculeusement à un troupeau de taureaux sanguinaires puis à une chute vertigineuse, Jacob trouve refuge dans le cratère des géants avec Fandor, grièvement blessé. C'est là qu'il se lie d'amitié avec Rosie, une fillette au visage troué qui le protégera du courroux de Gork.

Fandor ayant été enlevé par Zarcofo, Jacob se voit contraint de reprendre seul la route et pénètre dans la forêt des Krounis, où Maririana et ses sœurs l'accueillent pour un banquet bien spécial… Heureusement, son œil magique s'affole et, quoique à bout de forces et de ressources, Jacob échappe de justesse aux sorcières.

Au prix d'un immense sacrifice, Youriana obtient la permission de voir Jacob. Dans l'espoir de le réenchanter, la princesse lui offre d'exaucer trois vœux. Après s'être diverti sur l'île des gnomes, Jacob vit donc des retrouvailles touchantes avec son frère Simon-Pierre, avant de passer la nuit auprès de celle qu'il aime. Cette dernière en a bien besoin, puisqu'elle vient d'apprendre un terrible secret concernant Jacob et l'issue de sa mission…

Durant ce temps, Fakar, un sombre émissaire de Zarcofo, réussit à convaincre les petits peuples de monter une armée pour combattre la Grande Obscurité. L'affrontement entre les troupes du vilain sorcier et les êtres féeriques semble imminent.

Ragaillardi, Jacob fait cap plein nord en direction du château d'hiver de la reine fée. C'est là que Lauriane doit lui remettre la fameuse pierre bleue absolument vitale à la princesse Youriana, la seule capable d'arracher le royaume caché à l'emprise de Zarcofo. Mais alors que Jacob débute son ascension des montagnes de Tar, des images terrifiantes affluent sur la montre-boussole et le confrontent à un choix douloureux: doit-il retourner chez lui ou bien rester?

LE PIÈGE DU RETOUR

Jacob porta à nouveau son regard sur la montre-boussole que lui avait offerte son parrain. Sous la vitre un peu égratignée, l'aiguille tremblotait en indiquant le nord. L'objet avait perdu sa fonction d'écran magique. Disparues les images de Théodore Jobin agonisant et de Rosie poursuivie par une armée de créatures hideuses. Mais ces scènes affolantes continuaient de le hanter, abolissant le paysage autour de lui. Jacob ne voyait plus le ciel mauve au-dessus de sa tête, ni les falaises striées d'or, ni le sol semé de petits cailloux pâles sous ses pieds. Même le tumulte du torrent ne parvenait plus à ses oreilles.

Au lieu du paysage environnant, Jacob revoyait les images de son parrain étendu sur son lit au manoir, le corps tordu de douleur. Ses lèvres minces, crevassées par de fortes fièvres, s'entrouvraient puis se refermaient tel un bec d'oiseau affamé, alors qu'il tentait désespérément de convaincre Jacob de revenir. Puis résonnaient les pas de Rosie, la fillette géante dont il avait fait sa petite sœur adoptive. Jacob la revoyait elle aussi comme il l'avait aperçue sur l'écran de la montre. Elle courait, à bout de souffle et de forces, pour échapper à une armée de guerriers qui semblaient résulter du croisement d'un mouflon et d'un humain. Des fougres ! Les plus viles créatures du royaume caché. Toute la cruauté du monde semblait inscrite dans leurs yeux injectés de sang. Ils galopaient, montés sur quatre pattes, le dos voûté, leur course ponctuée de sauts qui les projetaient loin devant. Tôt ou tard, ils allaient rattraper Rosie.

Jacob avait suffisamment étudié la carte du royaume caché pour reconnaître l'extraordinaire paysage de cette cavalcade : la vallée des pierres debout derrière les montagnes de Tar. Un sol d'ambre jaune et de sable gris, semé de hautes tours de pierre, véritables stalagmites à ciel ouvert, somptueusement ouvragées. C'est là que Zarcofo avait libéré des fougres. Cela signifiait-il que l'affrontement tant redouté entre les troupes du sorcier et les petits êtres féeriques était imminent ?

Jacob sentit les mâchoires de fer d'un étau imaginaire se refermer sur lui. L'angoisse l'étreignait. Il savait ce qu'il devait faire, mais cette certitude ne rendait pas son choix moins éprouvant. Il devait renoncer à revoir son parrain. Renoncer aux adieux, renoncer au secret que Théodore souhaitait si désespérément lui confier et se hâter d'atteindre le château de la reine Lauriane avant que la guerre n'éclate.

Jacob rangea la montre-boussole dans sa poche. Les dernières paroles de la princesse fée résonnaient encore en lui. « Suis le soleil de jour jusqu'à la vallée des pierres debout », lui avait-elle recommandé avant de disparaître. Il devait quitter cet espace enchanté où Youriana avait exaucé ses trois vœux et poursuivre son périple en traversant la barrière des montagnes de Tar.

Jacob se dirigea vers le mur de roc derrière lui. Toute son énergie était mobilisée par la volonté de franchir les obstacles, l'un après l'autre. Rien ne devait l'en distraire. Sinon, il était perdu.

Il devait d'abord se hisser au sommet de cette paroi rocheuse. Il n'y avait pas d'autre issue. Du haut de la falaise, il pourrait chercher sa route parmi les montagnes. Malgré le lourd chagrin appesantissant ses pas, des forces neuves l'irriguaient. Était-ce le passage de Youriana? Leur longue étreinte radieuse? L'emmêlement merveilleux de leurs corps sous les étoiles une nuit durant? D'où que lui vînt son énergie, Jacob était animé par une volonté farouche d'accomplir la mission dont les fées l'avaient chargé.

Il étudia la falaise en cherchant une voie pour l'escalader puis amorça l'ascension en choisissant méthodiquement ses prises. Une quinzaine de mètres plus haut, il se retourna une première fois et fut assailli par un puissant vertige. Il prit alors soudainement conscience de sa position dans l'espace, le corps en équilibre sur des saillies tellement étroites qu'il semblait n'y tenir que par miracle. Ou par magie.

Les battements de son cœur résonnaient dans tout son corps. Une rumeur affolée enfla au fond de lui. Jacob laissa passer l'orage, cramponné à la falaise comme à sa mission, résolu à atteindre le sommet. Le souvenir de la voix de Youriana l'accompagnait, mélodieuse et ferme, empreinte d'affection mais aussi d'urgence. « Il te faudra escalader la falaise. De là tu pourras franchir le pic de Tar. »

Jacob poursuivit son ascension, bravant le vide, l'esprit totalement concentré sur ses jambes, ses pieds, ses bras, ses doigts. À quelques reprises, il eut envie de mesurer l'espace entre le sol et lui. Il parvint toutefois à résister et continua de fouiller le mur de roc en cherchant où s'agripper sans s'autoriser à détacher son regard de la paroi.

Peu à peu, le ciel au-dessus de lui sembla s'élargir. Il ne restait plus que quelques mètres à franchir. Un vent tiède soufflait et le soleil baignait la paroi d'une lumière tendre. Jacob songea que de bonnes puissances l'accompagnaient. Il étira un bras, explorant le roc du bout des doigts, et ne rencontra qu'une surface désespérément lisse. Il ramena sa main sur l'ancienne prise, allongea l'autre bras, caressa le mur comme pour le convaincre de dévoiler une aspérité nouvelle et finit par trouver une fine arête.

La prise était un peu haute. Jacob parvint pourtant à s'y agripper, à hisser un pied, puis l'autre, et trouva une maigre saillie pour la main manquante. Un bref soupir s'échappa de ses lèvres. Il devait maintenant déplier son corps, prendre un meilleur appui sur ses pieds et détacher sa main pour l'amener un peu plus haut. Tout cela était parfaitement possible. Il avait déjà repéré une belle aspérité juste au-dessus de sa prise actuelle. Il commanda à son bras de se détendre et à ses doigts de glisser sur le mur.

Une douleur sourde fusa sans prévenir, courant de l'épaule jusqu'au bout des doigts. « Ce n'est qu'une mauvaise crampe », se dit Jacob, mais ses jambes tremblaient déjà de manière convulsive et sa main encore mobile palpitait, agitée par des contractions, sans qu'il puisse l'arrêter.

Une vague de panique l'étourdit. Il ne se sentait plus ni le courage ni la force de jouer à l'araignée sur cette falaise. L'idée même de tenir accroché au roc le saisissait d'effroi. Une folle pulsion défaitiste l'incitait à se livrer au vide. Il allait s'écraser, c'est sûr. Mourir. Cela lui paraissait soudain moins atroce que de lutter contre la terreur qui le secouait.

Il fit un effort pour repousser cette pulsion morbide et tenta de se concentrer sur sa mission, mais il resta hébété, affolé par son impuissance à contrôler son corps. Tout à coup, une sorte de couinement mi-plaintif, mi-enjoué perça le silence. Le bruit amplifia, de plus en plus insistant. Jacob tendit l'oreille. Les gémissements s'accentuèrent.

Jacob sentit un espoir fabuleux éclore en lui. Un nom surgit : il n'eut cependant pas le courage de le prononcer. Sa position lui semblait trop précaire pour qu'il laisse monter l'espoir.

Il reprit son ascension, encore tremblant, les membres secoués par des spasmes violents, sans savoir d'où lui venait cette extraordinaire capacité de commander à son corps des gestes apparemment impossibles.

Les sons se rapprochèrent. Il serra les mâchoires. Il fallait que ce soit vrai, car l'espoir avait déjà pris racine et ce qu'il imaginait l'envahissait de joie.

Il gravit les derniers mètres dans un état fébrile. Un plateau rocailleux s'étalait devant lui. Jacob le fouilla du regard sans trouver ce qu'il cherchait. Le silence était revenu. Il éprouva alors un sentiment de solitude si désespérant qu'un sanglot étouffé sortit de sa gorge. Presque aussitôt, il perçut un grattement sur sa jambe et découvrit une boule de poils marron sautillant joyeusement à ses pieds.

— Petit Poilu! s'écria Jacob encore trop ému pour croire tout à fait au retour miraculeux de son fidèle compagnon.

Il cueillit la petite créature et la pressa contre lui. Petit Poilu enfouit son museau dans le cou de Jacob en poussant un soupir de contentement étonnamment puissant pour une si petite chose. Jacob caressa le poil chaud du xélou en répétant inlassablement son nom comme pour apprivoiser ce bonheur inespéré.

Ensemble, ils avaient traversé le long tunnel sous les collines des roufs et pleuré leur ami Grou, mort dans la serre du dragon. Ils avaient subi l'attaque des taureaux sanguinaires et s'étaient laissé guider par Fandor jusqu'à un précipice. Puis Jacob s'était réveillé parmi les géants. Fandor était blessé et Petit Poilu avait disparu.

Jacob déposa le xélou sur le sol où il exécuta des cabrioles pour exprimer sa joie.

— Où étais-tu? Que faisais-tu? demanda Jacob sans espérer de réponse.

Il laissa la minuscule créature gambader joyeusement jusqu'à ce qu'elle manifeste le désir de se blottir à nouveau contre son protecteur. Jacob retrouva avec bonheur la chaleur du corps de son Petit Poilu et les battements de son cœur contre sa poitrine. Il ne savait pas si c'était Tar lui-même, l'orchestrateur suprême, ou les fées qui lui avaient permis de retrouver son xélou, mais il comprenait que rien de cela ne tenait du hasard. Les paroles qu'avait prononcées Rosie avant qu'il ne quitte le cratère des géants lui revenaient par bribes.

— Tu n'es jamais seul, Jacob Jobin… des forces supérieures t'assistent…

Jacob étudia la mer de montagnes au-delà du plateau. Un sommet s'élevait plus haut que les autres. Le pic de Tar. C'est là qu'était sa route.

L'AVEU

Léonie épongea délicatement le front de Théodore avec un linge humide. Son vieil ami ne la quittait pas des yeux. Son regard, implorant et hagard au plus fort des fièvres, n'exprimait plus qu'une vaste tendresse mêlée de mélancolie. Léonie lui avait administré le fameux sérum extrait de sécrétions d'insectes, LA grande découverte de Théodore Jobin, scientiste réputé et elficologue émérite. Ils attendaient désormais que le liquide agisse.

Les crampes avaient quelque peu diminué au cours de la dernière heure. Le vieil homme paraissait plus calme et beaucoup moins souffrant, mais Léonie savait que le supplice de l'agonie risquait de reprendre de plus belle alors que cette dernière injection de sérum finirait de lui ronger les entrailles. Ce qu'il éprouvait présentement n'était sans doute qu'une ultime accalmie, comme en vivent la plupart des mourants.

Théodore souhaitait profiter de ce répit pour parler à celle qui l'avait accompagné, aimé, assisté, nourri, soigné et écouté pendant toutes ces années, sans jamais exiger que des mots viennent définir le lien qui les unissait. Ils avaient en commun tant de savoirs, tant de rêves, tant d'espoirs brisés, tant de petits jours tranquilles et tant d'autres

marqués par d'ignobles souffrances et de durs déchire-
ments. Léonie avait accepté que cela suffise, mais Théodore
voulait lui ouvrir son cœur avant de partir.

La veille, toujours avec l'aide de sa précieuse complice,
Théodore avait rédigé ce qui devait tenir lieu de testament.
Plus d'une fois, il avait dû s'arrêter, terrassé par des accès
de fièvre. Alors, brisé de douleur et affolé par la conscience
aiguë de ce qui lui arrivait, il avait réclamé Jacob. Léonie
savait combien son vieil ami adorait son filleul et combien
il aurait souhaité le revoir une dernière fois afin de lui révéler ce qu'il avait découvert. Néanmoins, Théodore
connaissait la gravité des enjeux et si la fièvre ne l'avait pas
fait errer, il n'aurait jamais réclamé son filleul.

Jacob devait accomplir la volonté des fées avant de céder aux caprices des humains. Léonie aussi le savait. Elle
avait craint que le jeune homme se laisse émouvoir par les
images de son parrain sous la vitre de la montre-boussole.
À son grand soulagement, Jacob avait échappé au piège
du retour.

Un mince sourire s'épanouit sur les lèvres de Léonie
tandis que ses pensées la portaient vers Jacob. À ses yeux,
il était bien jeune et bien peu outillé pour mener à bien ce
qu'il devait accomplir. L'issue de sa quête lui semblait horriblement incertaine, mais elle aurait donné ce qui lui restait de vie pour qu'il réussisse.

Théodore poussa un râle. Le sérum agissait puissam-
ment sur son corps affaibli. Tout cela était prévu. Le vieil
elficologue savait depuis des mois qu'il allait mourir et il
aurait facilement pu mettre un terme à ses souffrances.

Il avait tenu à poursuivre ses expérimentations avec l'espoir fou de trouver ce qu'il cherchait depuis si longtemps avant de pousser son dernier souffle. Il avait donc joué d'ingéniosité en variant les doses, en modifiant les dilutions, en testant d'autres substances activatrices. Et, contre toute attente, il avait trouvé.

Il avait finalement percé le secret de ce qu'il avait fini par appeler l'hydransie des humains, ce fameux sérum dont il espérait tant. Ce qu'il avait découvert fracassait ses certitudes et dépassait tout ce qu'il avait pu imaginer. Comme lui, Léonie avait été secouée par ces révélations surprenantes.

Théodore Jobin achevait son voyage. Il en était parfaitement conscient. Il ne lui restait plus qu'à faire la paix avec lui-même. La mort toute proche l'avait transformé. Il avait besoin d'expliquer à Léonie pourquoi il était passé à côté de sa vie.

Il attendit qu'elle plie lentement le linge humide après avoir humecté son front et qu'elle s'asseye à nouveau à son chevet, sa main droite tendrement posée sur son épaule à lui. Il ferma les yeux pendant quelques instants avant de commencer à parler afin de mieux puiser au fond de son vieux corps les dernières réserves de courage nécessaires pour accomplir cette tâche.

— J'aurais dû lire le conte de Mme Leprince de Beaumont avant de vous rencontrer, commença-t-il. J'aurais peut-être compris combien les apparences peuvent être trompeuses. Malheureusement, quand vous êtes entrée dans ma vie, j'étais déjà un vieil idiot...

Il inspira plus profondément, ce qui provoqua un triste chuintement alors que l'air se frayait péniblement un chemin jusqu'à ses poumons.

— Je rêvais d'une femme comme la princesse que nous avons trouvée. Et pourtant, je suis persuadé qu'au fin fond de moi, je savais, pendant tout ce temps, que je marchais à côté de ma destinée.

« Tout récemment, j'ai enfin compris qui vous étiez, Léonie. C'est arrivé peu avant que Jacob ne nous quitte à nouveau. Son ardeur m'a fouetté. Mes dernières barrières ont tombé et j'ai saisi ce qui était pourtant si évident.

« C'était vous... Ma princesse... Ma fée. »

Théodore déglutit avec difficulté avant de poursuivre d'une voix chevrotante :

— Cette révélation m'a atterré. J'ai failli tourner le dos aux fées. Au lieu, je me suis tué à tenter de percer le secret de ce damné liquide. Je ne pouvais pas partir en ayant échoué sur tous les plans...

Théodore Jobin avait amorcé son discours en observant Léonie, mais il n'avait pu soutenir longtemps son regard trop clair. Il avait poursuivi ses confidences comme s'il s'adressait aux murs et voilà qu'il osait à nouveau la contempler.

— Je suis un vieil idiot, répéta-t-il. J'aurais dû comprendre dès que je vous ai vue que vous étiez mi-fée. Et surtout, que vous étiez celle qui m'était destinée.

Léonie baissa les yeux, le cœur fracassé par cet aveu. L'homme qu'elle aimait la voyait enfin telle qu'elle était. Elle s'était promis de ne rien dire, mais les mots déboulèrent malgré elle, propulsés par toutes ces longues années de résignation et de silence.

— Pour toi, Théodore Jobin, j'ai renoncé à mon âme fée. J'ai accepté d'être mortelle et de ne plus jamais migrer vers l'autre royaume afin de rester à tes côtés. Si tu m'avais reconnue plus tôt, nous aurions peut-être pu vivre ensemble parmi les nains, les géants et les fées…

Léonie se tut. Une larme venait d'éclore au coin de l'œil gauche de Théodore. Elle assista, hébétée, au spectacle de cette goutte d'eau glissant sur la joue de Théodore jusqu'à une ride à la naissance des lèvres. Léonie caressa de ses doigts le trajet de la larme pendant qu'un sanglot étouffé jaillissait de la poitrine du vieil homme.

Léonie eut peur d'éclater. D'amour, de tristesse, de tendresse… Au lieu de cela, elle se pencha vers Théodore et posa sa tête dans le creux de son épaule. Une main tremblante vint effleurer ses cheveux fins.

— Je vous aime, souffla Théodore.

Ce furent ses dernières paroles.

UN SAC DE CHAIR ET D'OS

Une étroite vallée serpentait entre le sommet principal et les montagnes environnantes. On aurait dit que ces dernières souhaitaient rester à distance respectueuse. Le sol caillouteux était semé d'arbustes bas dont les minuscules fleurs ivoire répandaient un parfum vanillé. Jacob avait d'abord cru n'être qu'à quelques kilomètres de la base du pic de Tar, mais il n'en finissait plus de s'en approcher.

Un vent tiède agitait les maigres feuillages et soulevait une fine poussière de sable. Des oiseaux bien dissimulés émettaient de rares cris pour signaler leur présence. Jacob avait l'impression de s'enfoncer dans une mer de montagnes et à quelques reprises il eut peur, soudain, que cet océan de crêtes sombres ne l'avale.

Petit Poilu s'était rapidement endormi, blotti sous la chemise de Jacob. Ce dernier venait à peine de s'avouer qu'il avait très soif lorsqu'un étang bordé de joncs pâles s'étala devant lui. Jacob s'immobilisa, ébahi par cette apparition dans un paysage aussi aride. L'eau était claire et délicieusement invitante. Petit Poilu commença à s'agiter. Jacob le libéra, puis il s'agenouilla pour boire. Au moment d'enfouir son visage dans l'eau, il fut pris d'une appréhension subite. Comment savoir si cette nappe d'eau, miraculeusement placée sur sa route au moment même où il commençait à éprouver la soif, n'était pas un piège?

La réponse vint de Petit Poilu. Le xélou lapait déjà l'eau goulûment. Lorsqu'il fut rassasié, il claqua plusieurs fois sa petite langue en émettant de drôles de bruits de contentement. La scène était trop éloquente pour que Jacob nourrisse d'autres inquiétudes. Il but longuement et s'aspergea avec délices d'eau fraîche. Puis il arracha des joncs afin de manger les bulbes tendres comme le lui avaient appris Rosie et Liénard dans le cratère des géants.

Jacob continua sa route dans un état second, à l'abri de toute pensée. Il n'éprouvait plus ni fatigue, ni soif, ni faim, ni peur, à croire que l'eau qu'il avait bue était enchantée. Le temps n'existait plus, rien n'avait de durée. Il n'était qu'un corps en mouvement, une simple silhouette progressant dans le cadre phénoménal d'une nature surdimensionnée.

Le pic de Tar se dressa soudainement devant lui, aussi haut qu'imposant. Un frisson courut dans le dos de Jacob, des épaules jusqu'à la chute des reins. Il avait enfin atteint ce lieu grandiose: la plus haute montagne du royaume caché! Il savoura un moment sa fierté. L'angoisse n'avait pas de prise sur lui. Au contraire! La perspective d'escalader ce géant l'excitait.

Il entreprit d'étudier le flanc rocheux hérissé de rares bouquets d'herbe pâle. Un semblant de sentier serpentait jusqu'au sommet. À première vue, le pic de Tar s'avérait plus accessible qu'il ne l'avait imaginé. Le dénivelé était important, mais la pente était moins accentuée qu'une paroi d'escalade. L'ascension s'annonçait plus longue que périlleuse.

Malgré tout, Jacob amorça la montée avec des papillons au ventre en se souvenant qu'au royaume caché les apparences étaient souvent trompeuses. Il progressa rapidement, pressé par le souvenir des images aperçues sur la montre-boussole et par une vague appréhension qui n'était pas simplement due à l'exploit exigé. Il sentait qu'il devait faire vite.

Petit Poilu avançait en sautillant, nullement éprouvé par le degré de la pente. Jacob dut bientôt freiner son ardeur. Son souffle était court, son pouls excessivement rapide et le sang battait fort à ses tempes. Il parvint à mieux respirer en diminuant l'intensité de son effort. Toutefois, les muscles de ses cuisses commencèrent à le faire horriblement souffrir, si bien qu'il dut s'arrêter à plusieurs reprises pour masser ses membres.

Quand la douleur devint lancinante, Jacob se rappela les enseignements de Léonie. Sa fée-marraine lui avait appris à diriger ses pensées afin de mieux supporter une épreuve physique. Jacob tenta d'imaginer Youriana au sommet du pic de Tar, frêle silhouette enchantée porteuse de tous les espoirs des petits peuples magiques… Aussitôt, il se sentit plus léger.

Il la revit dans sa robe bleue au pied de la chute, le cœur brouillé et les yeux d'orage. Puis, tremblante, adossée au mur de la falaise. Il se souvint d'elle, étendue à ses côtés sur les pierres lisses, leurs gestes accompagnés du tumulte de l'eau, et il l'aperçut encore, pâle et lumineuse sur le lit étroit de la chambre au cinquième étage de l'hôpital de

Sainte-Lucie. Où qu'elle fût, dans quelque décor qu'elle apparût, la même magie opérait: Jacob sentait le printemps fleurir en lui. Il savait désormais, hors de tout doute, qu'il ne saurait vivre sans elle.

Le soleil déclinait lentement lorsque Jacob s'était lancé à l'assaut du sommet et la nuit se répandit sans qu'il s'en aperçoive. Jacob se prit tout à coup à fouiller le ciel en quête d'un soleil pâle et trouva, à la place, un vaste champ d'étoiles répandant des lueurs bleues. Petit Poilu s'était lassé de marcher. Il dormait à nouveau sous la chemise de son protecteur, sa fourrure chaude se soulevant au rythme de sa respiration. Jacob s'était habitué aux protestations douloureuses des muscles de ses jambes, mais une lourde fatigue l'abrutissait.

Il aurait eu besoin de s'étendre pour se reposer, malheureusement le sol était trop pentu pour qu'il puisse s'y allonger. Il eut le réflexe de plonger une main dans sa poche, reconnut la montre-boussole, la retira et examina le boîtier. Sous la vitre, l'aiguille indiquait sagement le nord.

Jacob continua d'avancer, la montre dans sa main. Au bout d'un moment, le métal devint si brûlant que Jacob ne put s'empêcher de laisser tomber l'objet. Lorsqu'il s'agenouilla pour le ramasser, des images défilaient sous la vitre un peu égratignée. Il garda les yeux rivés sur le minuscule écran jusqu'à ce qu'il ait l'impression de le traverser.

Le corps secoué de tremblements, Jacob assista ainsi au spectacle de Léonie en larmes au chevet de Théodore. Il sut immédiatement que son parrain était mort. Il nota l'immobilité effroyable des membres, la peau crayeuse, la rigidité des traits du visage, les yeux encore ouverts, perdus dans un horizon invisible. Toute trace de vie avait fui. Théodore Jobin n'était plus qu'un pauvre sac de chair et d'os.

Un cri semblable à un long hurlement s'échappa de la bouche de Jacob. Il résonna longtemps entre les montagnes avant de se transformer en une plainte plus sourde. Jacob venait de saisir que Théodore Jobin n'existerait plus jamais qu'en ses souvenirs. Il n'apostropherait plus jamais son filleul, il ne lui cracherait plus des vérités brutales et il ne poserait plus jamais sur lui un regard empreint de fierté en prononçant le mot « Élu ».

Le vieil homme ne connaîtrait pas l'issue du périple de son filleul et il ne régnerait plus sur l'imposant manoir au bout d'un étroit chemin qui s'enfonçait sous les arbres. Il ne chercherait plus à résoudre le mystère de son fameux sérum ni à percer les secrets des fées. Tout cela semblait trop atroce, trop définitif, trop injuste. Jacob éprouva un sentiment de vide désespérant. Un phare venait de s'éteindre dans sa nuit.

L'aube déroulait à présent de longues écharpes pourpres sur un ciel sans nuages. Devant Jacob, l'aiguille rocheuse du pic de Tar s'élevait fièrement, abrupte et effilée. L'adolescent s'attaqua au dernier segment de l'ascension avec des gestes d'automate, précis et efficaces, sans jamais hésiter et sans s'autoriser la moindre pause. Il dut utiliser ses mains en guise d'appui pour se hisser jusqu'au sommet tant la pente était rude durant les derniers mètres.

Là-haut, le silence était saisissant, à croire qu'aucun animal ou être vivant ne parvenait jamais à grimper jusque-là. Le vent lui-même s'était tu. Petit Poilu frétillait d'impatience sous la chemise de son protecteur tant il avait hâte de se dégourdir. Jacob hésitait à le déposer sur le sol car les risques de chute semblaient considérables.

L'annonce de la mort de Théodore avait dévasté Jacob, engourdissant ses perceptions comme ses pensées, si bien qu'il n'avait pas pleinement conscience d'avoir enfin franchi une étape si cruciale. Il se pencha finalement pour déposer Petit Poilu. En se redressant, il fut frappé par le paysage à ses pieds. La vallée des pierres debout! Une géographie d'un autre monde.

Lorsqu'il avait entrevu ces formations de roc sur l'écran de sa montre-boussole, le décor lui avait paru impressionnant, mais ce qui se déployait sous ses yeux était véritablement grandiose. Ce n'était pas tant la hauteur des tours de pierre magnifiquement sculptées par l'eau et le vent qui épatait le spectateur, mais la vastitude du tableau. Des milliers de tours aux couleurs de sable, résolument dressées vers le ciel, s'étalaient à perte de vue. On aurait dit une armée de géants prête à s'ébranler.

Jacob n'arrivait pas à détacher ses yeux de la scène. Cette forêt de hautes pierres lui semblait tout à la fois somptueuse et redoutable. À l'étonnante impression que ces tours puissent être vivantes, s'ajoutait le souvenir de Rosie poursuivie par les fougres. Les guerriers de Zarcofo l'avaient-ils rattrapée? Ou était-elle cachée quelque part parmi ces pierres?

Jacob sentait que de grandes puissances lui avaient donné rendez-vous dans cette vallée. Une voix secrète l'avertissait que la traversée serait mémorable.

LA REQUÊTE DE LAURIANE

En ouvrant les yeux, Rosie crut qu'elle avait franchi la frontière des vivants et trouva ce monde encore plus beau que ce qu'elle avait pu imaginer. Elle était étendue sur un lit à sa taille dans des draps propres et soyeux parfumés de jiades et de fleurs de yacoub. Une lumière dorée se détachait de la haute fenêtre devant elle. Sinon, tout ce qui l'entourait avait la couleur des nuages ou de la neige.

Une musique apaisante emplissait la pièce. Rosie reconnut le son délicat des flûtes d'elfes taillées dans un roseau. C'était doux et bon. Merveilleusement doux et bon. Rosie ferma les yeux et bascula aussitôt dans de nouveaux songes.

Des pas glissèrent bientôt sur le sol. Filavie, la cousine de Youriana, s'approcha de la fillette géante. Elle espérait user de magie pour nettoyer les plaies de leur protégée sans la faire souffrir. La veille, à la demande de la reine Lauriane, le vieux magicien Fédral avait quitté la forêt des elfes pour se transporter jusqu'au château de la souveraine, dans le désert de glace.

De ses mains reconnues pour guérir, Fédral avait rapproché les chairs là où les fers des fougres avaient plongé si profondément que les os et les muscles étaient à découvert. Comme tous les vieux magiciens, Fédral vivait reclus, entièrement occupé à parfaire ses pouvoirs. Malgré tout, il était accouru, sans même user de magie pour dissimuler sa haute silhouette.

Fédral s'était dit heureux de porter secours à la jeune géante qui elle-même connaissait si bien les pouvoirs des herbes et des fleurs et savait en faire bon usage. Il lui avait fait boire une infusion de graines de zioux avant d'appliquer des cataplasmes de cendres et de sève sur ses blessures. Puis Filavie l'avait veillée comme seules savent le faire les fées.

Les songes de Rosie parurent se peupler de menaces pendant que Filavie épongeait les plaies sur ses bras et sur ses jambes. La jeune fée poursuivit sa tâche en chantonnant une berceuse de sa voix flûtée. Le son calma momentanément la fillette géante, mais son corps se raidit et son œil bleu s'ouvrit soudain, apeuré, lorsque Filavie pressa un linge humide sur l'arcade sourcilière fendue. De vieux souvenirs de torture venaient d'affluer. Un cri de panique jaillit de la bouche de Rosie.

La plainte mourut dans sa gorge lorsque Rosie aperçut Filavie. Du coup, elle oublia ses peurs et sa douleur. Plus rien n'existait que cette apparition radieuse. Une fée! Rosie n'en avait jamais vue. Cette vision la troublait d'une manière telle que le ravissement se mêlait à la consternation.

La fillette géante n'avait jamais osé se plaindre de son visage troué et de la vilaine chair au bout de son bras droit. Elle avait accepté son sort et essuyé les paroles de mépris des géants au cœur mauvais comme Gork. Une foi lumineuse et une prodigieuse capacité d'émerveillement lui donnaient l'impression de resplendir. Toutefois, cette douce assurance ne tenait plus pendant qu'elle contemplait Filavie. Tant de beauté l'émouvait. En même temps, elle ressentait cruellement l'horrible différence entre la beauté parfaite de cet être gracieux et son propre corps démoli.

Une larme glissa de l'œil bleu et vint s'échouer dans le cou de Rosie. Filavie saisit ce qui se tramait derrière le front meurtri de la jeune géante. Comment pouvait-elle faire comprendre à cette fillette massacrée par Zarcofo à la naissance que le sorcier n'avait pas réussi à lui ravir sa beauté? Et que même dans ce château où tout était somptueux, Rosie la petite géante irradiait.

Filavie lança une prière à Tar, l'enjoignant de l'aider à trouver une manière de rassurer sa jeune protégée. La fée dut être entendue car l'œil bleu de Rosie s'illumina peu à peu. La fillette géante ancra son regard dans celui de Filavie et y resta longuement accrochée comme pour y puiser toutes les vérités consolantes qu'elle pouvait y trouver. Elle s'endormit ainsi et connut de belles heures de sommeil réparateur.

Filavie la veilla trois jours et trois nuits. Au quatrième matin, Rosie put s'asseoir puis faire quelques pas. Elle ne s'était pas plainte une seule fois alors même que ses blessures cicatrisaient difficilement malgré les bons soins de Filavie et des elfes qui l'assistaient. Ses premiers pas lui arrachèrent une plainte aiguë qu'elle s'empressa de refouler. Elle devait absolument réussir à marcher puisque la reine la réclamait.

Filavie usa de magie pour atténuer le supplice de Rosie pendant qu'elle guidait la fillette géante dans les longs couloirs de marbre blanc et de cristal aux plafonds si hauts que la géante pouvait avancer debout. Après avoir croisé plusieurs corridors, elles s'arrêtèrent finalement devant la porte de la grande salle où Lauriane, reine fée du royaume caché, luttait contre la mort avec l'espoir fou de tenir bon jusqu'à ce que Youriana revienne.

— As-tu bien compris, Rosie? demanda doucement Lauriane à la fillette géante agenouillée à son chevet.

Rosie déglutit. Elle aurait voulu lire le visage de la reine. Malheureusement, elle ne voyait qu'un lit vide car Lauriane restait invisible. Filavie avait expliqué à Rosie qu'elle-même ne pouvait voir la reine. En se dissimulant à son entourage, aussi restreint fût-il, la fée souveraine préservait ses forces.

— Oui, j'ai compris, souffla Rosie.

— Te sens-tu capable d'accomplir cette tâche? s'enquit encore Lauriane.

La haute silhouette de Rosie tressaillit. La fillette jaugeait pleinement la gravité de ce que lui réclamait la reine. Pourquoi elle? Il existait pourtant d'autres géants, plus grands, plus vieux et plus puissants. La requête de Lauriane exigeait des habiletés précises, une sagesse inestimable, un courage indestructible et même une part de magie.

Rosie perçut le rire cristallin de la reine fée et elle l'entendit répondre à sa question muette.

— Je t'ai choisie, belle Rosie, avec l'accord de mes sœurs fées et des elfes délégués au conseil du royaume. J'avais déjà consulté les représentants de maints petits peuples. Tous étaient d'accord avec ma proposition. Ton cœur est immense et il s'épanouit magnifiquement au fil des saisons de ta vie. Tu sais parler aux bêtes et percer le secret des plantes. Ta voix est magique. Elle peut endormir, statufier, éclairer ou ensoleiller ceux qui t'entourent.

« Ce n'est pas pour rien que Zarcofo s'est acharné sur toi. Le sorcier est tout naturellement attiré par les êtres exceptionnels. Lui et ses émissaires te pourchasseront avec plus de ferveur que n'importe quel autre géant. La prochaine fois qu'ils te captureront, sois certaine qu'ils déploieront une cruauté ravageuse car ils ne peuvent supporter que des puissances enchantées parlent à travers toi. Les fées ont pu te protéger au moment où tu allais succomber à l'assaut des fougres, Rosie, mais si les guerriers de Zarcofo te font prisonnière à nouveau, nous ne pourrons plus te secourir car nos forces se tarissent.

« Je devrais déjà avoir quitté ce royaume pour vivre parmi les étoiles. Que je sois ici et que je te parle constitue une belle victoire des forces merveilleuses, mais en l'absence de Youriana, Zarcofo continue de gagner rapidement du terrain. Les prochains soleils seront décisifs. Le sort du royaume s'y jouera. »

Rosie hocha la tête sans savoir si la reine fée l'observait. Il ne lui restait plus qu'à répondre. Accepter une tâche sans doute irréalisable ou refuser d'assister les fées. Rosie aurait eu besoin de sonder son cœur, mais il était trop lourd de chagrin.

Peu avant que les fougres ne fondent sur elle, la jeune géante avait trouvé le corps de son père, inanimé. Liénard n'avait pas eu sa chance. Il avait succombé à l'attaque des guerriers éclaireurs dépêchés par Zarcofo. Du bout des doigts de son unique main, Rosie avait elle-même abaissé les paupières de son père avant de l'abandonner aux grands rapaces sillonnant le ciel.

La mort de Liénard n'était-elle pas la preuve que ce que proposait la reine fée tenait de l'utopie ? Zarcofo avait déjà accumulé des trésors de puissance. Jamais auparavant n'avait-il été aussi redoutable. Comment pouvait-elle même oser se mesurer à lui ? Pourtant, Rosie était persuadée que son père l'aurait encouragée à accéder à la requête de Lauriane. Il aurait trouvé les mots pour la convaincre de dire oui. Liénard optait toujours pour le courage. Il aimait répéter que la peur est le pire ennemi, que les armes n'ont aucune place au pays des fées et que les géants ont pour glorieuse mission de promouvoir la paix.

— J'accepte, s'entendit répondre Rosie d'une voix étonnamment ferme.

— Bien, répondit simplement la reine.

Rosie se tourna vers Filavie. La jeune fée ne bougea pas. L'entretien n'était sans doute pas terminé.

— Filavie veillera sur toi, Rosie, ajouta la reine d'une voix solennelle. Elle t'accompagnera alors même que tu te croiras seule. Quant à moi, tant que j'habiterai ce château et encore lorsque je serai devenue étoile, je te suivrai de loin en loin et te réserverai des forces enchantées.

Un profond silence suivit ce rappel de la disparition prochaine de la reine fée: tous les peuples enchantés, grands et petits, semblaient l'avoir entendue.

— Bonne route, Rosie. N'oublie jamais que tu es fée dans ton cœur sinon dans ton sang, murmura encore Lauriane d'une voix si tendre que l'œil bleu de Rosie se voila.

Filavie entraîna la fillette géante hors de la pièce. Malgré la lourdeur de ses membres meurtris, Rosie avait l'impression de flotter.

LES PIERRES DEBOUT

Un soleil gris barbouillé de nuages diffusait une maigre lumière alors que le jour semblait hésiter à s'installer. La désescalade de la montagne de Tar par son versant nord s'avéra encore plus exigeante que l'ascension tant la pente était semée de passages sournois, exceptionnellement abrupts. Jacob dut amorcer sa descente face contre roc en cherchant du bout des pieds, à l'aveuglette, pour trouver des appuis.

— Tout doux, ça va aller. Ne t'inquiète pas, murmurait-il à l'oreille de Petit Poilu en tentant de tromper sa propre peur car le xélou blotti contre lui ne manifestait aucun signe d'alarme.

Après cette première étape ardue, la montagne de Tar offrit une pente un peu moins escarpée mais couverte de petites pierres rondes, comme si une tempête de grenailles s'y était abattue. Petit Poilu exigea de pouvoir bouger à nouveau et sitôt libéré, il se mit à sautiller allègrement sur les roches sans que rien ne remue. Son agilité était telle qu'il aurait sans doute osé des cabrioles s'il n'avait pas ressenti l'angoisse de son protecteur. Jacob devait avancer avec mille précautions pour ne pas débouler. Malgré tout, ils progressèrent sans incident.

À mi-hauteur, la pente redevint plus raide. Jacob dut se tourner à nouveau pour faire face à la montagne et descendre en creusant des semblants de marches du bout des pieds avant de déposer son poids sur les pierres. Petit Poilu continuait de gambader. Quelques pierres roulèrent sur son passage, sans plus. Le xélou s'arrêta lorsqu'il découvrit que son compagnon ne le suivait plus. Jacob s'était arrêté devant un passage difficile, effrayé à l'idée que le mur de pierres cède sous son poids.

Petit Poilu se mit à piailler avec insistance, l'air de dire : « Allez, viens… Qu'est-ce qui te prend ? » Jacob hésita un moment avant de recommencer à creuser des prises en cognant du bout des pieds. Dès qu'il eut rejoint son xélou, ce dernier s'empressa de descendre plus bas puis de l'encourager à le rejoindre en poussant de petits cris impératifs. Ils poursuivirent ainsi leur longue descente. Jacob additionnait les pas, effaré de constater qu'il progressait encore plus lentement que pendant l'ascension.

Ils atteignirent un point où la pente était tellement forte que Jacob avait du mal à balancer une jambe dans le vide pour se creuser une marche sans perdre l'équilibre. Il dut se résoudre à changer précautionneusement de position pour faire dos à la montagne et parvint à faire plusieurs pas en prenant très délicatement appui sur les pierres rondes. Tous ses sens étaient en alerte.

Soudain, les pierres sous ses pieds roulèrent comme des billes en l'entraînant dans leur chute. Jacob dégringola sur plusieurs mètres. Peu après s'être rétabli, il perdit pied à nouveau, mais cette fois, la montagne tout entière sembla s'effondrer dans un grand fracas. Jacob débala longtemps, ballotté en tous sens, affolé et impuissant, les bras enroulés autour de sa tête pour se protéger des pierres ricochant sur lui. Lorsqu'il s'immobilisa enfin dans un nuage de poussière de roche, un cri perçant déchira le ciel.

Un profond silence s'installa. Jacob mit un moment à retrouver ses esprits. Il remua un bras, puis l'autre, et répéta l'opération avec ses jambes. Tous ses membres élançaient, mais il n'était pas blessé. Il s'était laissé emporter par la chute sans opposer trop de résistance, ce qui l'avait sans doute sauvé. Il se releva lentement en songeant que c'était un miracle s'il s'en tirait sans plus de mal lorsque le souvenir d'un cri lui revint. Jacob examina les alentours puis se tourna vers le sommet. Son xélou avait disparu.

Une lame de panique submergea Jacob. Il était convaincu que Petit Poilu était enterré sous les pierres. Il devait le libérer avant qu'il ne meure étouffé. Jacob promena un regard désespéré sur le sol. Sa chute l'avait entraîné près de la base du pic de Tar. Petit Poilu pouvait être enterré n'importe où au-dessus de lui. Il allait devoir creuser de ses mains pour le libérer. Il n'y avait pas d'autre recours. Mais par où commencer? Sans aucun indice, l'entreprise était vouée à l'échec.

Jacob ferma les yeux pour mieux se concentrer. Le silence lui parut étourdissant. Instinctivement, il s'agenouilla et pressa une oreille contre le sol. Il attendit en essayant d'ignorer les battements de son propre cœur qui emplissaient l'espace. Il espérait reconnaître un cri ou un remuement sous les pierres. Rien. Il se déplaça rapidement, recommença la manœuvre, fit quelques pas, répéta les mêmes gestes, et recommença encore…

Son sang se figea lorsqu'il perçut un faible gémissement. Il resta immobile, hésitant à y croire, jusqu'à ce qu'il entende à nouveau une plainte, si étouffée qu'elle semblait imaginée. Jacob resta à l'écoute en espérant mieux cerner la provenance des sons. Cependant, plus rien ne vint troubler le silence.

Alors il creusa, avec toute l'énergie du désespoir, s'arrêtant pour presser son oreille sur le sol puis osant quelques pas avant de reprendre sa tâche un peu plus loin. Il répéta méthodiquement les mêmes gestes, sans trop s'éloigner, en plongeant de plus en plus profondément sous les pierres.

Une patte apparut enfin, puis une autre. Jacob tremblait de tous ses membres et ses dents claquaient, non pas de froid mais de fureur. Il dut se faire violence pour ne rien précipiter, dégageant avec mille précautions la petite tête. Les paupières de Petit Poilu étaient closes. Il ne bougeait plus.

Du bout des doigts, Jacob caressa le ventre encore chaud à la recherche d'un battement. Rien. Il eut alors l'idée de masser le corps menu comme il avait appris à le faire dans un cours d'initiation au sauvetage donné à l'école. Il lui sembla que c'était il y a mille ans…

Jacob mit deux doigts sur la poitrine de la petite créature et pressa doucement pour dégager ses poumons. Il attendit un peu, souffla de l'air sur le visage du petit xélou et recommença, exerçant une pression sur la minuscule poitrine puis forçant de l'air dans sa bouche et dans ses narines.

Lorsqu'il s'arrêta, les paupières de Petit Poilu étaient toujours closes et il ne semblait guère plus vivant qu'au début de l'intervention. Jacob serra les mâchoires. Il avait envie de hurler sa colère. Au ciel comme aux fées. Quand donc cesserait-on de l'éprouver? N'avait-il pas suffisamment souffert? Ne s'était-il pas encore senti assez désespéré?

— Arrêtez! Ça suffit! C'est assez! rugit-il.

Il se pencha sur le petit xélou avec l'envie folle de le secouer sans ménagement jusqu'à ce qu'il respire à nouveau. Et soudain, il la revit. Youriana.

— Aide-moi! hurla-t-il. Je t'en supplie! Aide-moi! Entends-moi!

Il répéta plusieurs fois son appel, déplaçant son regard vers la vallée de pierres, puis fouillant le ciel en quête d'un signe. Lorsqu'il reporta son attention sur le xélou, il lui sembla percevoir un infime mouvement. Le battement d'ailes d'un minuscule oiseau sous la poitrine de son ami.

LE COMPLOT

Maïra retourna dans ses mains le message expédié par Fakar, le délégué des poucs: trois croix séparées par un trait oblique dessinés sur un morceau d'écorce. Ce code bien connu des êtres féeriques signifiait que Fakar était retenu quelque part.

Les représentants des petits peuples s'étaient donné rendez-vous sous le cercle des mangoliers, un lieu sacré de la forêt des elfes. La réunion avait pour but d'établir une stratégie guerrière, Fakar ayant réussi à convaincre les petits peuples de la nécessité de prendre les armes afin d'affronter les troupes du sorcier Zarcofo.

Maïra était songeuse. Fakar semblait avoir rédigé son message avec une pointe de roseau trempée dans la sève de jonca. Noire à l'état liquide, cette sève prenait des reflets violets en séchant. Plusieurs délégués avaient tenu le morceau d'écorce dans leurs mains sans remarquer la teinte particulière des signes dessinés. Peu d'entre eux connaissaient suffisamment les plantes pour savoir que le jonca ne poussait qu'à l'ouest de la vallée des pierres debout, là où l'on soupçonnait Zarcofo de se dissimuler dans un antre…

L'aînée des roufs fit un signe à l'elfe Myrli. Les deux amies quittèrent discrètement le groupe pour s'entretenir un peu plus loin, derrière le large tronc d'un mangolier géant.

— Mon inquiétude grandit, confia Maïra à la petite elfe.

— Tu crois que le pouc est un traître? demanda Myrli de sa petite voix flûtée déjà enrouée par l'appréhension.

— Je sais que son cœur est rempli de haine, répondit Maïra. Et que sans lui, les petits peuples n'auraient sans doute jamais accepté d'entrer en guerre.

— Fakar a un don pour ensorceler avec ses discours, admit Myrli d'un air contrit. J'ai moi-même failli succomber en l'entendant. Ses paroles ont l'effet d'un poison. Elles nous rejoignent dans ce que nous avons de moins bon et le fortifient.

Maïra contempla la petite elfe avec attendrissement. Pauvre Myrli! Elle ressentait donc intimement l'effet pernicieux de la participation de Fakar à leur assemblée. Si une elfe s'avouait aussi sensible, les autres délégués étaient gravement en danger. Fakar pourrait les manipuler sans difficulté.

— Les pouvoirs de Fakar semblent redoutables, admit Maïra. J'aimerais savoir comment le délégué des poucs les a acquis. Il éteint le meilleur et tisonne le pire. Les lutins et les farfadets s'attachent à lui parce qu'ils ont soif de guerre depuis plusieurs soleils. Les forces malveillantes ont plus d'emprise sur eux que sur les nains et les gnomes. Mais ces derniers sont vulnérables. Ils n'ont pas encore saisi que ce pouc est vil et tordu.

— Tu mets des mots sur mes sentiments, Maïra. Je hais ce pouc et comme toi, je préfère la communion des esprits aux affrontements armés. Ce qui se trame me chagrine. Souhaitons que Tar ne nous abandonne pas et gardons l'œil ouvert pour prévenir nos compagnons lorsque nous pourrons les convaincre du bien-fondé de nos craintes.

Un appel de flûte ramena l'aînée des roufs et la petite elfe dans le cercle des délégués. Grimpé sur une grosse pierre, Bartok, le chef des nains, tortillait les poils de sa barbe en promenant un regard sévère sur ses pairs.

— Que ceux qui ont la langue trop bien pendue se taisent ou se la coupent, commença-t-il sans même saluer l'assemblée et en parlant très vite d'une voix nasillarde. Notre ami Fakar tarde encore à arriver et nous ne pouvons savoir où il est ni quand il pourra nous rejoindre. Il faut donc dès tout de suite et maintenant convenir d'une stratégie militaire et du choix des armes. J'ouvre la discussion. Que chacun qui le souhaite exprime son opinion vitement. Le temps file et les pouvoirs de Zarcofo enflent à chaque soleil alors que notre reine dépérit.

Un murmure d'assentiment parcourut l'assemblée. Élior, le roi des lutins, ouvrit la bouche pour parler, mais Bartok le coupa.

— Puisque je peux me le permettre, je vais donc commencer par m'exprimer moi-même, annonça-t-il abruptement. La meilleure façon d'agir serait d'encercler l'antre du sorcier pendant la nuit et d'attaquer à l'aube. Les fougres ont des yeux qui percent l'obscurité, ce qui les avantagerait si nous procédions avant que le soleil de jour ne commence à ascensionner le ciel. Je crois aussi que le choix des armes s'impose : l'arbalète et les boules explosives.

Un silence s'ensuivit pendant lequel chacun des délégués soupesa cette proposition. Dans toute l'histoire du royaume caché, les petits peuples n'avaient jamais rien brandi d'autre que des outils pour travailler la terre, extraire des minerais ou arracher quelques trésors à la mer. La majorité d'entre eux étaient persuadés de l'inévitabilité d'un affrontement armé, mais cette discussion stratégique rendait soudain la guerre imminente affreusement réelle. Ce qu'avait énoncé Bartok avec une belle fermeté semblait tout à fait sensé. Était-ce le bon choix d'armes et de manière ? se demandaient toutefois les autres délégués.

— Ce que tu dis là n'est pas stupide, convint Lilipuy, roi des farfadets, avec une pointe de mépris dans l'œil. Mais nous savons tous que les gnomes et les elfes sont nuls pour tirer à l'arbalète. Et c'est sans compter que les boules n'explosent pas toujours bien. Si jamais elles ne faisaient qu'abîmer nos cibles, j'aurais peur qu'un fougre aux oreilles arrachées me poursuive de sa fureur.

— Cesse tes exposés qui n'en finissent plus et dis-nous ce que tu as trouvé de mieux ! l'apostropha Bartok.

— Un mélange d'adresse et de ruse, répondit fièrement Lilipuy. Les nains, les gnomes, les poucs et les farfadets, des peuples qui ont appris à viser, pourraient lancer des flèches empoisonnées au martre. Dès que la pointe s'enfoncera dans la vilaine chair d'un fougre, son corps commencera à brûler. Il mourra vite en souffrant un peu.

Lilipuy rota avec satisfaction, une vieille habitude de farfadet, puis il entreprit de gratter son fin menton pointu pendant que ses pairs évaluaient son plan.

— Et la ruse dans tout ça ? s'enquit soudain Niki, délégué des gnomes.

— Les roufs, les elfes et les lutins exciteront les fougres pour les attirer vers un lieu où les autres attendront, cachés, les mains pleines de flèches empoisonnées, répondit Lilipuy.

— Si je comprends bien, tu nous proposes de servir de nourriture aux fougres afin que vous puissiez mieux vous défendre. Bravo ! C'est malin ! résuma Élior, roi des lutins, le visage rouge de colère.

— Tu crois que nous avons une cervelle d'insecte pour accepter ce plan, Lilipuy ? demanda le gnome Niki d'un ton indigné.

— Si tu trouves mon idée si mauvaise, dis-nous la tienne ! le mit au défi Lilipuy.

Niki jeta un regard désespéré autour de lui. C'est en jouant à la courte paille qu'il avait hérité du rôle de délégué. Aucun gnome ne souhaitait remplir cette tâche. Il s'ennuyait soudain atrocement de ses amis, de leurs joyeuses bousculades et de leurs festins arrosés de vin de grenaille.

— Je… ne sais pas, avoua Niki en rougissant un peu. Je… Il me semblouille… que la guerre n'est peut-être pas aussi tant… tellement… clairement nécessaire…

— Nous avons déjà voté en faveur d'un affrontement armé à notre dernière rencontre! objecta Élior en lançant son bonnet de lutin sur le sol. Le gnome a-t-il oublié sa cervelle dans un cache-fesses?

Le visage de Niki s'empourpra alors que des rires moqueurs secouaient l'assemblée. Maïra attendit que les délégués se calment avant de prendre la parole.

— Il existe bien des manières de tuer et je ne connais rien aux stratégies guerrières, déclara-t-elle d'une voix douce emplie de conviction. Vous savez tous que je souhaite une communion des esprits en lieu et place d'un affrontement armé. Malheureusement, je n'ai pas reçu l'appui de notre assemblée. Ne pourrions-nous pas, en cet instant de grave choix, nous recueillir un moment et demander à Tar de nous éclairer afin que nous prenions la meilleure décision?

Après les échanges colériques de ses prédécesseurs, les paroles simples et justes de Maïra portèrent. Même Élior et Lilipuy furent touchés. L'intervention de la déléguée des roufs arrivait comme une embellie en plein orage. Elle éveillait la nostalgie de soleils meilleurs en ces temps déjà trop éloignés où les forces maléfiques pesaient moins lourdement dans l'équilibre des puissances.

Pendant un court moment, l'aînée des roufs eut la satisfaction d'être entendue, mais le regard de plusieurs délégués fut bientôt attiré par une apparition derrière elle. Se retournant, Maïra vit un grand malouin galopant vers eux. C'était une bête de bonne taille avec un corps de loup et une tête de lièvre géant. Lorsqu'il fut plus près, tous purent reconnaître le cavalier.

Fakar fit freiner le malouin aux naseaux frémissants et au pelage trempé de sueur à quelques pas des délégués. À peine plus grand qu'un lutin, le pouc présentait un physique disgracieux, mais tout en nerfs et en muscles, si bien que malgré sa petite taille, il en imposait. De tous les petits peuples, les poucs étaient les seuls à paraître naturellement taillés pour mener des batailles.

— Pardonnez mon retard, commença Fakar. J'arrive heureusement avec des informations précieuses.

Habile orateur, il fit une pause pour plus d'effet et poursuivit son discours monté sur le malouin.

— Grâce à un subterfuge que je ne puis vous révéler, j'ai appris d'un fougre de l'entourage de Zarcofo ce que le sorcier projette de faire. Nous pourrons ainsi le déjouer…

« Zarcofo veut attaquer chacun des petits peuples sur son territoire. Il mise sur la division de nos forces et sur l'effet de surprise de ses assauts. C'est pourquoi nous devons nous rassembler afin de former une seule et même armée. Il faut aussi attaquer les premiers. »

Maïra étudia le visage des délégués. L'elfe Myrli elle-même semblait ébranlée. Fakar promenait un regard hypnotique sur l'assemblée. Il y avait tant d'assurance dans sa voix qu'ils ne pouvaient s'empêcher de le percevoir comme un guide, sinon un sauveur. L'aînée des roufs savait que ce n'était pas le moment de remettre en question l'autorité de Fakar, même si ce que prônait le pouc heurtait de plein fouet ses plus profondes convictions. Elle décida toutefois de le presser de terminer son discours, espérant ainsi réduire son ascendant sur les délégués.

— Tu sembles avoir déjà choisi un lieu de bataille, Fakar. À quoi songes-tu ?

Un éclat de haine brilla dans le regard du pouc. Il n'était pas dupe. La vieille rouf le testait.

— À la taïra, au nord de la vallée des pierres debout, répondit Fakar avec un formidable aplomb. Le lieu de la bataille ne doit pas être l'habitat d'un des nôtres puisque c'est là que le sorcier souhaite nous attaquer. Nous devons sortir de nos refuges. Il faut aussi nous éloigner de la vallée des pierres debout car les fougres, qui sont très agiles, y seraient avantagés. Nous atteindrons la taïra en n'usant de magie qu'en cas de danger. Des éclaireurs protégés par l'invisibilité nous avertiront des rencontres à éviter. Ainsi, nous conserverons le maximum de nos puissances enchantées. Une fois dans la taïra, nous tendrons un piège aux fougres. Un piège digne de l'esprit du plus retors des sorciers.

En entendant ces paroles, Maïra sentit le vent des grands froids, celui qui transperce les membres des voyageurs égarés et glace leur cœur, la traverser. Elle aurait voulu crier à la face de tous les siens qu'ils étaient bien naïfs et orgueilleux de penser pouvoir triompher du sorcier et de ses régiments de fougres. La voie des armes était sans issue. Maïra en était sûre. Si les petits peuples n'acceptaient pas d'entendre raison, ils allaient disparaître à jamais de la surface du royaume caché.

Fakar poursuivit son discours en donnant des détails sur la ruse qui allait leur permettre de triompher. Maïra n'écoutait plus. Elle s'était retirée dans les replis secrets de son vieux corps de rouf pour implorer le secours des fées.

LES COUICS

— Je t'ai vu galoper comme un idiot! Tu te pensais bon, hein? Tu aurais pu mourir étouffé!

Jacob n'en finissait plus de sermonner son jeune protégé. Petit Poilu émettait de temps à autre de légers couinements qui pouvaient aussi bien exprimer son repentir que son peu d'intérêt. Il semblait surtout heureux de rester blotti au creux des bras de Jacob. Ce dernier n'arrivait d'ailleurs pas à se résoudre à l'enfouir sous sa chemise. Il avait besoin de le voir. De s'assurer qu'il était là, bien présent, merveilleusement vivant.

Immédiatement après le sauvetage, le xélou respirait difficilement avec des sifflements et des chuintements, comme si l'air avait du mal à se frayer un chemin jusqu'à ses poumons. Depuis peu, son souffle était redevenu normal et il ne présentait aucun signe de blessure grave.

Encore secoué par ce qu'il venait de vivre, Jacob s'encouragea en songeant que le pic de Tar était désormais derrière lui et le château de la reine de plus en plus près. Il réussit à maintenir un bon rythme de marche sur un terrain peu accidenté, contourna deux montagnes et se retrouva devant la vallée des pierres debout.

Il pénétra dans ce paysage unique comme dans une forêt sans verdure. Les formations pierreuses s'élevaient en rangs serrés d'ambre, de sable et d'ocre. Même en s'étirant le cou, Jacob ne distinguait pas toujours les sommets car les tours s'élançaient vers le ciel, plus hautes qu'un mangolier géant.

Jacob avança prudemment. Vue du sommet de Tar, la vallée de pierres lui avait paru magnifique, mais la splendeur des lieux n'arrivait plus à l'émouvoir. Il se sentait ridiculement petit et terriblement seul dans ce paysage austère d'où toute trace de vie avait fui. Seul le vent restait présent. Il se faufilait entre les colonnes de pierre en émettant des sons plaintifs.

En observant le sol désespérément désert, Jacob se souvint du conte *Le Petit Poucet* qu'il avait lu dans la bibliothèque de son parrain. C'était l'histoire d'un enfant abandonné avec ses frères dans une vaste forêt. Pour retrouver son chemin, le Petit Poucet avait une première fois laissé tomber des cailloux, puis émietté du pain, mais lorsqu'il les avait cherchés, ses repères avaient disparu. Il avait ainsi abouti chez l'ogre.

— Et nous? Qu'est-ce qui nous attend? demanda Jacob au xélou de retour sous la chemise de son protecteur.

Petit Poilu remua un peu puis poussa un long soupir avant de replonger dans ses songes. La question continua d'oppresser Jacob. Qu'allait-il trouver dans ce paysage inhabituel? Avait-il rendez-vous avec les fées ou avec le sorcier?

Pour éviter de tourner en rond dans cette forêt de pierres, Jacob laissa l'aiguille de sa montre-boussole le guider. Son cap était clair. Franc nord! C'est là qu'apparaîtrait le château de la reine fée.

Le ciel restait glauque. Une lumière laiteuse enveloppait les hautes tours. Les distances et le temps étaient difficiles à évaluer. Jacob ne savait plus si le jour était jeune ou vieux. Il n'avait pas réussi à se désaltérer depuis l'escalade du pic de Tar et seuls quelques bulbes de joncs tapissaient le fond de son estomac. Pourtant, il n'éprouvait ni la soif ni la faim, ni même la fatigue. Jacob décida d'y voir un signe. Les fées continuaient de l'accompagner de loin en loin, apaisant ses tourments et ravivant ses forces.

La montre-boussole commença à dégager un peu de chaleur dans sa main, puis l'aiguille se mit à courir en traçant des cercles rapides autour du boîtier au lieu de pointer vers le nord. Petit Poilu émit une série de couinements en griffant la poitrine de son protecteur pour manifester son désir d'être libéré. Sitôt sur le sol, il fila droit vers une tour et disparut derrière.

Jacob s'élança à sa poursuite. Un cri affolant le fit soudainement tressaillir. Petit Poilu avait poussé le même cri lorsqu'ils avaient trouvé Grou coincé dans la serre du dragon sous les collines des roufs. Pendant un moment, Jacob eut envie de tenir une console de jeu dans sa main. Il aurait appuyé sur une touche pour quitter ce monde. Option arrêt. Fin du jeu. Il n'avait pas envie de rejoindre le xélou derrière la pierre debout. Il n'avait pas envie de voir, ni de savoir, mais ses pas le menèrent malgré lui.

Un cadavre gisait sur le sol. Malgré l'effroyable saccage qui avait été perpétré, Jacob reconnut le corps de Liénard. De gros oiseaux de proie au plumage couleur de suie se disputaient ses entrailles en criaillant. L'un d'eux s'envola, des bouts de viscères sanguinolents pendus à son bec.

Jacob s'approcha davantage. Trop occupés par leur carnage, les autres rapaces ne réagirent pas. Le père de Rosie avait deux fosses à la place des yeux et de larges trous au milieu des joues. Sa bouche était restée ouverte comme s'il avait crié jusqu'à ce que la mort le rende muet. Avait-il longtemps souffert? Avait-il vu des oiseaux s'envoler avec des morceaux de sa chair?

Une lame de fer était plantée dans son cou. L'attaquant pouvait aussi bien être un fougre qu'un bigueleux ou un filifou. Quoi qu'il en soit, Jacob était persuadé que cette cruelle mise à mort avait été commandée par Zarcofo.

Petit Poilu sautillait de manière hystérique en poussant des cris stridents. Il exprimait son désarroi sans retenue, à la manière d'un enfant. Jacob restait muet, pétrifié d'horreur, les entrailles nouées par une rage sourde. Les plaintes du xélou le rendaient fou. Après être sorti vivant de la caverne des sorcières, il avait cru ne plus jamais être confronté à des scènes aussi éprouvantes. Non seulement s'était-il trompé, mais le pire était peut-être encore à venir.

Sur l'écran de la montre-boussole, il avait vu Rosie être poursuivie par des fougres. Son corps servait-il lui aussi de banquet aux oiseaux quelque part derrière une autre tour? Comme s'il entendait les réflexions de son protecteur, le xélou se mit à pousser des cris encore plus perçants. Jacob eut soudain envie de le battre pour le faire taire. Au lieu de cela, il s'écroula sur le sol et vomit un liquide amer, le corps secoué de spasmes dans un effort pour expulser l'horreur dont il avait été témoin.

Jacob se retourna pour s'assurer que Petit Poilu trottait derrière lui. Il avait repris sa route avec l'impression de laisser une part de lui-même aux grands oiseaux. Liénard lui avait appris à croire en la morale des fées. Et voilà qu'il n'existait plus. Jacob aurait aimé soustraire son cadavre à l'effroyable carnage, mais il ne pouvait ni porter ni enterrer le bon gros géant. Il n'avait d'autre choix que de l'abandonner aux charognards affamés.

La honte emplissait son cœur et la colère activait le sang dans ses veines. Il avait envie de cracher sa rage, non seulement à Zarcofo, mais également à Tar et à toutes les fées qui avaient laissé faire cette atrocité. Où donc s'en étaient-elles allées ? Leurs forces enchantées étaient-elles taries ?

Jacob continua d'avancer vaguement vers le nord. Le ciel sombre, sans soleil ni étoiles, l'obligeait à deviner son passage entre les hautes pierres. Ils marchèrent longtemps avant que Petit Poilu ne réclame d'être porté. Jacob poursuivit son errance, insensible aux protestations de son corps, jusqu'à ce que la fatigue le fasse vaciller. Il s'écroula au pied d'une tour et chavira aussitôt dans un sommeil agité, son xélou blotti contre lui.

À son réveil, le jour était revenu. Petit Poilu piaillait et gesticulait, complètement affolé. Jacob crut d'abord qu'il s'inquiétait des rapaces décrivant de larges cercles au-dessus de leurs têtes, mais il finit par percevoir les bruits qui avaient alerté le xélou. Ils provenaient de derrière une tour. Tout près… Jacob fit taire son compagnon en plaquant une main sur sa tête, puis il avança précautionneusement vers les bruits.

Deux fougres, adossés à une tour de pierre, étaient occupés à une tâche que Jacob ne pouvait discerner. Il n'avait jamais observé un fougre ailleurs que dans les livres de son parrain ou sur l'écran de sa montre-boussole. C'étaient des créatures grotesques. Leur peau grise, fripée et hérissée de longs poils sales, pendait autour des os. Les fougres avaient un crâne enfoncé, surmonté de vilaines cornes capables d'empaler leurs victimes et un regard à faire pâlir les plus braves. La minceur de leur disgracieuse silhouette n'avait rien de rassurant. Les fougres avaient des allures de bêtes qui n'hésiteraient devant aucune mortification pour atteindre leur proie.

Jacob eut brusquement envie de quitter son poste de guet derrière une pierre debout afin de mieux voir. Il savait pourtant combien c'était dangereux. Il n'avait même pas à tenir compte des signaux insistants de son œil magique. La simple logique lui dictait de disparaître au plus vite. Il était l'Élu, celui dont la tête avait été mise à prix. Il devait déguerpir avant d'être abattu sur place ou livré à la cruauté du sorcier.

Une curiosité malsaine le poussait à vouloir savoir ce que trafiquaient les vilaines créatures. Jacob reconnaissait cette émotion sauvage. Il l'avait éprouvée pendant son séjour chez les géants, lorsque Gork les avait intoxiqués avec ses récits cruels. Ils avaient tous ressenti un profond dégoût et pourtant, ils avaient eu envie d'en entendre davantage, honteux de se délecter de détails sordides.

Jacob risqua un pas en gardant une main plaquée sur la tête du xélou afin qu'il reste silencieux. Plusieurs fougres étaient réunis. Ils agitaient leurs longs bras maigres et paraissaient fort occupés. Jacob sentit le sang cogner à ses tempes. Il savait qu'il aurait dû fuir en emportant son xélou avec lui.

Malgré tout, il fit un pas de plus. Il aurait suffi maintenant qu'un fougre se retourne pour l'apercevoir. Jacob les vit plonger leurs pattes avant munies de sabots flexibles dans un sac d'herbes tressées et en ressortir une toute petite créature. Un couic !

On aurait dit un chaton au corps recouvert d'un duvet blanc comme neige et muni de courtes ailes. Chacun des fougres en tenait un dans ses pattes. Les pauvres bêtes gigotaient en émettant des gémissements qui faisaient mal à entendre. Les fougres s'amusaient de la scène, leur gueule fendue d'un affreux rictus.

Soudain, comme mus par un signal secret, les fougres assommèrent leurs couics en même temps, fracassant les petites têtes contre le sol. Les bêtes remuaient encore lorsqu'ils leur arrachèrent les pattes d'un coup sec, puis les ailes, avant d'engloutir le reste dans leur gueule grande ouverte.

Jacob ne s'aperçut pas qu'il venait de relâcher la pression de sa main sur la tête de Petit Poilu. Le xélou poussa un cri tellement strident que les hautes pierres elles-mêmes parurent secouées. Les fougres se retournèrent aussitôt et bondirent vers Jacob.

Un fougre s'empara de Petit Poilu. Il se pencha pour le renifler, puis il émit un affreux bruit de gorge. Un autre fougre s'empressa de lui arracher sa proie. Le premier resserra l'étau de ses pattes autour de sa victime. L'autre tira. Jacob assista au spectacle, pétrifié, totalement incapable de remuer le moindre membre. À force de se disputer le corps du petit xélou, les fougres l'écartelèrent vivant.

Pendant le peu de temps que dura le supplice, Petit Poilu ne cessa de crier. Soudain, il n'y eut plus que le silence. Ce fut comme un signal. Jacob vit les fougres planter leurs crocs dans la chair de son compagnon. Un cri monta dans sa gorge, mais aucun son ne franchit ses lèvres.

Les fougres poursuivirent leur funeste tâche en ignorant leur unique spectateur. Jacob restait prisonnier de son immobilité, incapable de sauter sur les fougres pour les rouer de coups et leur arracher de force ce qu'ils tenaient entre leurs pattes. Il mit un moment avant de comprendre qu'un charme féerique le rendait invisible et qu'un autre le statufiait. Ainsi était-il condamné à observer les fougres avec leur gueule barbouillée de sang, leurs yeux injectés de cruauté et leurs membres disgracieux s'agitant frénétiquement, mus par un excès de jouissance perverse.

Longtemps après que le xélou eut disparu dans la gueule de ses tortionnaires, Jacob entendit encore les bruits de succion et de déglutition, le craquement des os de la victime et les claquements de langue satisfaits des bourreaux. Une vérité atroce s'imposa peu à peu. Petit Poilu était mort supplicié par sa faute à lui, l'Élu, celui sur qui reposait le destin d'un vaste royaume. Il n'avait même pas réussi à protéger cette toute petite créature. Il s'était laissé guider par une curiosité malsaine, jetant ainsi son fidèle compagnon dans la gueule des monstres.

Jacob eut l'impression que le sol se dérobait sous ses pieds. Il n'était pas à la hauteur. S'il n'avait pas pu sauver un pauvre petit xélou, comment pouvait-il espérer sauver une princesse fée? Et que dire d'un royaume?

Dès qu'il retrouva l'usage de ses membres, Jacob s'élança, courant parmi les pierres pour se soustraire à la honte qui le dévorait.

VIRZINE

— Cesse de jouer avec mon précieux temps et crache ce que tu sais, ordonna Zarcofo. Tu m'énerves avec tes airs de héros. Dans un corps de pouc en plus !

Un éclat de haine s'alluma dans les prunelles sombres de Fakar. Il détestait ce corps qui n'était pas le sien. Il souffrait aussi de ne jamais parvenir à émouvoir le sorcier avec ses réussites. Quoi qu'il fît, quoi qu'il dît, Zarcofo le traitait avec condescendance sinon avec mépris.

— Ils ont accepté ma proposition. Bien sûr... commença Fakar, mielleux.

— C'est qu'ils sont vraiment bêtes ! rétorqua le sorcier. Leur idiotie est presque suspecte. Comment peuvent-ils imaginer qu'un de mes fougres me trompe ? Et comment peuvent-ils oser même espérer vaincre mes troupes ?

— Je leur ai fort bien présenté le plan... fit valoir Fakar. L'idée qu'ils se rassemblent en un même lieu pour mieux attaquer les a séduits.

— Ils auraient adhéré à n'importe quoi ! riposta Zarcofo.

Fakar se renfrogna.

— Mais je conviens que tu sais leur inspirer confiance, ajouta le sorcier, soucieux de garder son émissaire vaillant. Dis-moi, maintenant : qui fait le poids dans ce lot de petites têtes ridicules ?

— Le roi des lutins et celui des farfadets ont développé un appétit pour la guerre. À mon avis, le chef des nains a honte de ses désirs, mais il n'en souhaite pas moins un affrontement armé lui aussi. Le gnome fait rire de lui, il est sans importance. L'elfe subit l'influence de la vieille rouf qui m'énerve…

— Je me fous de tes sentiments ! tonna le sorcier. Tu es là pour évaluer les forces en présence et suggérer une direction.

— La vieille rouf m'énerve parce qu'elle jouit d'un ascendant sur les autres et que ses pouvoirs restent grands, reprit Fakar avec un brin d'arrogance.

— Elle pourrait nous nuire ? s'enquit le sorcier, le front plissé de rides menaçantes.

— Maïra se contente d'observer, glissant des paroles sans trop insister. Mais à mon avis, elle possède des informations que nous n'avons pas.

— Alors trouve-les ! lança le sorcier.

Le bref entretien avec Fakar avait épuisé Zarcofo. Il s'était retenu d'empoigner ce fougre prétentieux pour le rouer de coups avant de le jeter en pâture à ses dragons affamés. Les derniers soleils s'étaient révélés éprouvants.

Il avait de plus en plus de difficulté à réprimer ses pulsions. Ses rêves étaient remplis de sang et de flammes, de hurlements et de fracas, mais son intelligence stratégique lui dictait de ne pas sous-estimer le pouvoir résiduel des fées. Il avait trop hâte d'écarteler de ses propres mains le jeune étranger et d'écraser comme de vulgaires insectes tous les petits êtres stupides encore sous l'emprise des fées. Il n'en pouvait plus d'attendre le jour où il régnerait enfin sur tout le royaume.

Le sorcier considéra la vaste salle principale de son antre. Les murs suintaient en répandant une odeur de pourriture. Des restes de bêtes suppliciées jonchaient le sol. Un faible bruit lui rappela qu'il n'était pas seul. Il se leva de l'immense coffre en or blanc garni de pierreries qui lui servait de trône et marcha vers une grande cage. Il fit passer le bout de son sceptre entre les barreaux et piqua au flanc le chien-cheval allongé dans sa prison. Fandor aboya de douleur. Fakar avait vu juste : le chien-cheval n'avait pas encore récupéré des derniers sévices. Ses plaies mal guéries et ses os broyés le faisaient souffrir au moindre mouvement. Zarcofo émit un rire sardonique avant de s'éloigner en faisant claquer un pan de sa longue chasuble noire.

Il s'empara d'une torche accrochée au mur de glaise et quitta la galerie principale pour emprunter un étroit couloir. L'écho de ses pas martelant le sol se répercuta dans les dédales de son antre, terrorisant ceux qui l'entendaient. Le sorcier croisa trois longs corridors, mais poursuivit son chemin droit devant. Il ralentit le pas en entendant des feulements et des grondements rauques entrecoupés de pétarades et de brèves détonations.

Au bout du couloir, il atteignit une haute grille, pressa le plat de ses mains et ses longs doigts griffus sur le métal puis attendit que la porte de fer se soulève. Ce manège l'enchantait. Il fit glisser sa langue de reptile sur ses lèvres trop minces en gloussant de plaisir. Zarcofo accéda ainsi à une antichambre aux murs perlés de gouttes noires. Il se dirigea vers une série de marches creusées dans le sol.

Les sons amplifièrent pendant qu'il descendait. L'escalier le mena à une toute petite pièce sans issue. Le sorcier accrocha sa torche à un support fixé sur sa droite et appuya ses paumes sur le mur devant lui en marmonnant des paroles indistinctes. Le roc trembla sous ses mains, puis le mur glissa en dévoilant un passage.

De puissants jets de flammes accueillirent le sorcier. Les langues de feu claquaient dans l'obscurité, léchant le sol, glissant sur les murs, raclant le plafond de la grotte dans un crépitement fabuleux de rouge, de bleu et d'orangé. Le sorcier émit un bref sifflement. Les flammes moururent aussitôt et le silence s'installa. Une puissante odeur de soufre emplit l'air vicié. Zarcofo inspira profondément.

— Bonsoir, mes grands chéris! susurra le sorcier en s'approchant d'une montagne de coffres d'or et de platine débordant de pierres précieuses et d'autres joyaux.

Depuis que le pouvoir des fées avait diminué, les roufs, les nains, les lutins, les gnomes, les farfadets et les géants avaient été forcés de redoubler d'ardeur pour satisfaire les caprices du sorcier. Les petits peuples n'avaient jamais tant travaillé dans les mines et les rivières pour lui rapporter tout ce qui brillait d'une noble manière. Seuls les elfes résistaient encore, refusant de grossir son butin. Mais Zarcofo s'était promis qu'ils ne tiendraient plus longtemps.

Le sorcier se délecta du spectacle devant lui. Au-dessus des trésors, les yeux fauves de sept dragons scintillaient dans l'obscurité. C'étaient ses plus fidèles serviteurs. Les plus puissants aussi. Et les seuls pour qui il nourrissait un sentiment étrange qui pouvait ressembler à de l'affection.

Les dragons chargés de protéger son butin étaient d'immenses bêtes crachant infatigablement des gerbes de flammes en frappant le sol de leur longue queue. Leurs ailes avaient été rognées à la naissance afin qu'ils ne puissent jamais voler, heureux de défendre les trésors du sorcier. Zarcofo adorait par-dessus tout contempler les quatorze billes jaunes brillant dans le noir. Il était le seul à pouvoir affronter le regard des dragons. Toutes les autres créatures du royaume caché étaient instantanément foudroyées au premier coup d'œil.

— Me voilà, mes doux petits, chuchota le sorcier. Je ne vous ai pas oubliés. Regardez!

Il saisit une lourde chaîne pendue au plafond et tira dessus. Une trappe s'ouvrit, déversant un lot de bêtes frétillantes, à plumes comme à poils. Une explosion de flammes accueillit l'offrande tandis que les dragons affamés fondaient sur leur festin grouillant.

De retour dans la salle principale de son antre, Zarcofo allait commander à ses fougres de laisser entrer Gork lorsqu'il fut pris d'une hésitation. Il ne se sentait pas encore prêt. Dans toute l'histoire du royaume caché, aucun sorcier n'avait encore accordé sa confiance à un géant, si dépravé fût-il.

Fakar avait repéré Gork avant même que l'Élu ne franchisse les frontières du royaume caché. Le fougre jurait n'avoir jamais rencontré de créature enchantée aussi facilement excitée par la violence que ce géant. Zarcofo l'avait mis à l'épreuve en l'invitant à assister à une séance de torture puis à un banquet de xélous. Les réactions de Gork l'avaient convaincu. Il était diablement barbare.

— Laissez-le croupir encore un peu, ordonna finalement le sorcier. Allez plutôt quérir Virzine et qu'on nous serve deux bonnes mesures d'hydransie.

Une très vieille femme, petite et ratatinée, arriva presque aussitôt. Elle était la seule sorcière capable d'inspirer un peu de respect à Zarcofo. Tout en elle était repoussant, depuis le visage osseux, creusé par le temps et piqueté de pustules jusqu'au corps infiniment disgracieux qu'elle parait de tissus princiers. Elle apparut dans une longue robe de tulle dorée recouverte d'un châle où brillaient de menus éclats de pierres. La sorcière s'accrochait à un rêve de beauté que nul n'avait le droit de briser.

Virzine avait lancé tant de sortilèges, participé à tellement de rendez-vous macabres, mis à mort un si grand nombre de petits êtres de tant d'horribles manières que Zarcofo se demandait parfois si elle n'avait pas dans son sac quelque vieux tour dont il devrait se méfier. Il préférait donc l'avoir dans son camp et contribuait commodément à satisfaire quelques-unes de ses volontés. Virzine était peu à peu devenue sa compagne d'hydransie, celle avec qui il aimait se délecter de ce nectar délicieusement foudroyant.

La sorcière trottina jusqu'à Zarcofo en ricanant de plaisir, crachant au passage, comme elle en avait l'habitude, des petits jets de jus gris. Les fougres aimaient raconter qu'à force de refuser de mourir, elle avait commencé à pourrir du dedans et que c'étaient des résidus d'elle-même qui sortaient de sa bouche.

— Viens t'asseoir, lança Zarcofo pendant que deux fougres aidaient la sorcière à s'installer sur le siège qu'elle affectionnait, un haut fauteuil de bois d'amarante orné de saphirs.

Virzine s'assit en prenant des poses affectées et en roulant des yeux de séductrice. «Une vieille harpie avec des airs de princesse», songea le sorcier vaguement écœuré.

Malgré tout, il se prêta au jeu.

— Servez madame en premier! commanda-t-il d'un ton chevaleresque qui eut l'heur de plaire à la sorcière.

Le fougre fit couler quelques gouttes de liquide doré dans deux minuscules coupes de cristal fin et en tendit une à Virzine qui l'accepta avec des gestes de grande dame en esquissant un large sourire édenté. Zarcofo s'empara de sa coupe avec un mouvement d'impatience qu'il ne sut dissimuler. Au lieu de cette sorcière dégoûtante, il aurait voulu qu'une autre invitée trempe ses lèvres en même temps que lui dans l'hydransie.

Youriana. La princesse fée à la chevelure incendiée.

Une brusque colère anima le sorcier. Il lui suffisait d'évoquer la fille de Lauriane pour perdre toute contenance. La princesse fée avait refusé de s'unir à lui. Dans l'histoire du royaume, d'autres sorciers avaient frayé avec des êtres enchantés, mais lui avait échoué. Non seulement Youriana l'avait-elle éconduit, mais elle avait aussi imprimé à jamais en lui le souvenir de sa répulsion. Ce regard qu'elle avait porté sur lui le torturait depuis. Il aurait cédé des masses de trésors pour réussir à détester la princesse fée. C'était pourtant inutile. Car on l'aurait dit victime d'un sort tellement la fille de Lauriane continuait de hanter ses jours et de tourmenter ses nuits.

Zarcofo serra si fort la coupe dans sa main que le verre éclata. Un morceau de vitre resta planté dans sa paume. Il le retira lentement pendant que Virzine aboyait pour alerter un fougre. Le sorcier la rabroua durement, commanda une autre coupe aux deux fougres accourus et la fit remplir. Il cala sa mesure d'hydransie et exigea immédiatement un autre verre.

Virzine eut un mouvement de recul. Une seule coupe excitait déjà Zarcofo d'une si abominable manière… Autant d'hydransie risquait de déclencher des fureurs dont l'issue pouvait être regrettable. Un pressentiment affreux hérissa de frissons la peau fripée de Virzine. Zarcofo arracha la deuxième coupe au fougre qui la lui tendait, ferma les yeux et avala le précieux liquide d'un trait.

LA CREVASSE

Jacob courait encore. L'ultime cri de Petit Poilu continuait de lui déchirer les tympans, mais une voix s'élevait par-dessus le tumulte. Cette voix, Jacob l'aurait reconnue entre mille. C'était celle de Rosie, sa petite sœur géante. Elle cherchait à l'attirer vers un but précis. Cependant, Jacob résistait. Il n'avait qu'un désir : se perdre au plus vite dans cette forêt de pierres.

Lorsque l'appel de Rosie se fit plus pressant, Jacob s'arrêta, prit la carte du royaume dans sa poche et la déchira rageusement en menues miettes que le vent emporta. Puis il s'empara de la montre-boussole, résolu à la fracasser contre une tour de pierre. Dès qu'il toucha à l'objet, il le sentit adhérer à sa paume tel un aimant. Il sut que la montre-boussole lui livrerait des images.

Pendant un moment, il espéra voir Youriana, sa longue chevelure de feu éparpillée sur les draps, ses paupières refermées sur des yeux trop bleus et ses longs bras fins échoués sur ses cuisses comme les ailes d'un oiseau au repos. Au lieu de cela, il aperçut un farfadet, debout sur un monticule de pierres devant une assemblée des siens. Le farfadet discourait avec verve en gesticulant abondamment.

Lorsqu'il se tut, les farfadets réunis hurlèrent en brandissant de longs pics munis de lames ou de griffes.

La guerre était donc imminente. Les petits peuples allaient prendre les armes. Comment pouvaient-ils espérer triompher du sorcier? Jacob se souvint de Liénard lui répétant que la situation était urgente, qu'il devait agir vite, que son temps était compté. Il avait donc échoué. Il n'avait pas réussi à atteindre le château de la reine à temps.

La voix de Rosie s'était muée en chant, de plus en plus suppliant. Jacob aurait voulu la faire taire. Il refusait de se laisser guider. Il n'était pas un héros, sauveur de royaume. Il y avait eu trop de victimes à cause de lui. Grou était mort étouffé dans la serre du dragon. Le nain Béchu avait péri terrassé par la peur. Fandor avait disparu, remplacé par un chien-cheval à l'âme grise. Et Petit Poilu venait d'être cruellement massacré parce qu'il n'avait pas su le protéger.

Les fées s'étaient trompées. Théodore Jobin également. Jacob Jobin n'était pas l'Élu. Il n'était qu'un adolescent ordinaire, amateur de jeux électroniques, qui avait fait l'erreur de croire qu'on pouvait cheminer chez les fées comme dans le Grand Vide Bleu, son jeu préféré. C'était faux.

Dans le Grand Vide Bleu, il suffisait d'un peu d'habileté, de beaucoup de pratique, d'une bonne dose de persévérance ainsi que d'un brin de chance pour accéder à un monde meilleur. Au royaume caché, les héros avaient le devoir d'être non seulement ardents, mais aussi exceptionnels, irréprochables, fabuleux. Les fées réclamaient de véritables héros, capables d'extraire le meilleur d'eux-mêmes, de dompter leurs pulsions, de se dépasser encore et encore pour accomplir des exploits véritablement méritoires.

Une phrase triste martelait l'esprit de Jacob et il s'entendit la prononcer à haute voix :

— Les fées m'ont abandonné.

Au même moment, Jacob se retourna, alerté par une présence. Des silhouettes venaient de glisser derrière deux hautes tours de pierre. Jacob reconnut les corps maigres surmontés d'une tête de bouquetin. D'autres surgirent, il y en eut bientôt des dizaines. Jacob comprit qu'il n'était plus invisible : les fougres l'avaient repéré.

Un cri détestable retentit et les créatures immondes s'élancèrent à sa poursuite. Jacob eut envie de hurler : « Vous n'avez rien compris ! Je ne suis pas l'Élu ! Les fées se sont trompées ! » Au lieu, il accéléra sa course, sans savoir si son instinct de survie était plus puissant que son désarroi.

La voix de Rosie continuait de l'appeler pendant que le bruit des sabots heurtant le sol résonnait derrière lui comme une averse de grêle. Jacob se retourna pour évaluer la distance qui le séparait des premiers attaquants. Cent pas. Peut-être moins.

Il se souvint alors d'une autre cavalcade enfouie dans les trésors de sa mémoire et revit Simon-Pierre, fier chevalier descendant de sa monture pour livrer un secret à son jeune frère.

— J'ai eu tort de me laisser abattre, confiait Simon-Pierre. Bêtement, stupidement, j'ai perdu la foi.

Lorsque ces paroles franchirent la frontière de sa conscience, Jacob eut l'impression d'être traversé par un courant électrique. Il bondit, tel un cerf en présence du danger, détalant parmi les hautes pierres, fonçant vers un lieu précis. Les fougres accélérèrent aussitôt, ponctuant leur course de longs sauts.

Jacob se trouva soudain devant une tour de pierre semblable à toutes les autres. C'est là que le chant de Rosie le menait. Droit devant. Il en était sûr. S'il continuait d'avancer, il allait s'écraser contre cette haute pierre debout. C'est pourtant ce que la voix de Rosie l'incitait à faire.

Le martèlement des sabots des fougres était devenu assourdissant. Il sentirait bientôt leur haleine dans son dos. Jacob était aux abois. La voix de son grand frère s'unissait maintenant à celle de Rosie, le pressant de ne pas abandonner.

— C'est une question de foi, Jacob, murmura Simon-Pierre.

Ahuri par son geste et horrifié par le choc à venir, Jacob fonça vers la tour de pierre.

Il n'y eut pas d'impact. Ce fut comme si la pierre s'ouvrait et l'avalait. Lorsqu'il regarda derrière lui, il n'y avait plus de fougres.

Il venait de pénétrer dans une tour de pierre.

Au début, l'obscurité fut totale. Jacob ne distinguait rien d'autre qu'un grondement sourd. À force de scruter l'espace, ses yeux s'habituèrent à l'obscurité. Il avait atteint une galerie très haute mais étroite. En explorant le roc froid autour de.lui, Jacob trouva une syre déposée dans une cavité naturelle. Ces chandelles utilisées par les roufs s'allumaient d'un souffle. Jacob répéta le geste enseigné par Grou. Une flamme vint aussitôt coiffer la mèche.

Jacob éleva la syre au-dessus de sa tête. Une sensation d'étouffement le prit à la gorge. Il était prisonnier d'une tour sans issue. Un bruit de torrent l'incita à bouger la syre afin d'examiner le sol. Il aperçut une large fissure d'où provenait la rumeur de l'eau.

Jacob évalua que la crevasse faisait environ un mètre de large sur deux de long. Sa profondeur était impossible à évaluer. Il eut beau s'étendre à plat ventre et bouger sa syre pour tenter de voir ce qui se cachait dans les profondeurs du gouffre, il n'y trouva qu'un vide terrifiant.

Le constat était clair : il pouvait mourir dans cet espace réduit ou sauter dans le vide avec le fol espoir de survivre à cette chute libre.

« C'est une question de foi », lui avait rappelé Simon-Pierre.

Jacob sauta.

L'IMPOSTEUR

— Une ligne de feu! s'exclama Élior, ravi.

— C'est l'arme parfaite, renchérit Fakar. Nous miserons sur l'expertise des nains qui ont l'habitude d'en allumer dans les mines.

Fakar observa les délégués devant lui. Ils buvaient ses paroles. La vieille rouf continuait de résister et la petite elfe restait méfiante, mais les autres représentants des petits peuples étaient visiblement impressionnés par l'originalité de son plan.

— Le principe est simple, poursuivit Fakar. Le feu excite les fougres à les rendre fous. Il faut profiter de cette faiblesse pour leur tendre un piège. Nous allons répandre une longue traînée de poudre incendiaire dans la taïra. Une seule petite flamme allumera la ligne de feu sur des milliers de pas. À la vue du brasier, les fougres ne pourront résister au désir de courir vers les flammes.

« Nous serons cachés derrière cette ligne de feu, prêts à attaquer. Au signal, les guerriers désignés jetteront de la poudre étouffante sur les flammes. Nous foncerons alors sur les fougres avec toutes les armes que nous aurons pu réunir en exploitant l'effet de surprise. »

L'excitation était palpable. Élior et Lilipuy semblaient prêts à procéder cette nuit même. Les autres évaluaient le projet, les yeux brillants d'excitation.

— Ta proposition séduit plusieurs d'entre nous, Fakar, conclut Maïra. Toutefois, c'est là une décision d'extrême importance. Je suggère que nous profitions du soleil de nuit pour réfléchir encore un peu avant d'accepter ou de refuser ton plan.

Fakar ne cessa de sourire, mais Maïra devinait qu'il mourait d'envie de lui trancher la gorge d'un coup sec.

— À l'aube, après une nuit de repos et de songes, nous aurons peut-être un regard neuf et des questions nouvelles, fit valoir l'aînée des roufs. Fakar pourra y répondre avant que nous ne prenions une décision ferme.

Fakar joua de ruse en applaudissant à la proposition de Maïra. Il n'était pas dupe. La vieille rouf se méfiait de lui et elle avait conscience du pouvoir hypnotique de ses discours. Son désir était clair : installer une distance entre les délégués et le chef des poucs en laissant le temps faire son œuvre. Maïra espérait encore voir les représentants des petits peuples rejeter le plan de Fakar.

Le chef des poucs renifla avec suffisance.

— Rendez-vous à l'aube, déclara-t-il pour clore la discussion.

Il était persuadé que son ascendant sur les petits peuples lui garantissait une majorité facile. En faisant preuve de souplesse, il rassurerait habilement les plus réticents.

Lilipuy et Élior rouspétèrent un peu, agacés par ce délai. Fakar fit le bon prince en les encourageant à accepter la requête de Maïra. Bartok surprit l'assemblée en déclarant qu'il refusait d'attendre.

— Je m'en vais de ce pas préparer les miens, annonça-t-il. Nous reviendrons armés et prêts pour l'attaque. Les nains aiment agir efficacement. Pour y arriver, nous devons y mettre du temps et nous assurer que tout soit bien pensé.

— Et si nous rejetons le plan? demanda l'elfe Myrli.

— C'est un risque que j'accepte de prendre, répondit Bartok.

Le gnome Niki ne put réprimer son étonnement :

— Je ne suis pas sûr de tant totalement comprendre la logique vraie de ce que tu dis, Bartok. Si vous êtes toujours si tant parfaitement bien préparés, ne devrais-tu pas réfléchissir un peu avant de te précipitailler?

— Pfuiiit! répliqua Bartok. Tes paroles filent entre mes oreilles sans que je les retienne. Permets-moi de préférer la logique d'un pouc capable d'espionner l'ennemi et d'établir des stratégies astucieuses à celle d'un gnome champion des blagues idiotes.

Des rires saluèrent le départ de Bartok. Les autres délégués restèrent encore un moment sous les longues branches feuillues des mangoliers à déguster une collation servie par les elfes : du pain de pousses tendres, des carrés de miel de trèfle et du cidre pétillant. Puis les représentants des petits peuples se séparèrent afin d'aménager leur espace pour la nuit. Des elfes les aidèrent à réunir des fougères, de la mousse et des branches pour se construire des abris de fortune.

Comme par magie, dès que tous furent prêts pour le repos, le ciel s'obscurcit brusquement et avant même que ne naissent des étoiles, les lucioles envahirent l'air parfumé de la forêt des elfes. Contrairement aux krounis qui frayaient avec les peuples maléfiques, les lucioles de la forêt des elfes se contentaient de répandre un peu de lumière sans rien bousculer autour d'elles.

— Bonne nuit ! lança Niki à ses compagnons avant de s'abriter dans un cache-fesses de son invention.

— Bonne nuit à toi aussi ! répondirent Maïra et Myrli d'une même voix.

Élior et Lilipuy n'eurent pas le loisir de répondre aux salutations car la voix de Sidor, l'aîné des elfes, s'éleva, mobilisant l'attention de tous.

— Nous t'avons préparé une couche de jeunes feuilles, expliquait-il au délégué des poucs.

— Je préfère monter la garde à l'orée de la forêt, répliqua Fakar.

— Non, riposta Sidor d'une voix ferme. Nous n'avons pas besoin de guetteur. La forêt des elfes est et restera toujours un lieu de paix.

Il y eut un moment de silence très lourd.

— Je m'incline devant mon hôte, déclara Fakar d'un ton calme où perçait une colère sourde. Mais sache, Sidor, que les elfes sont et resteront toujours un petit peuple fragile qui excite facilement la fureur du sorcier.

Sidor n'ajouta rien. Tous ceux qui avaient entendu l'échange de paroles, aussi bien les délégués que les elfes blottis dans les creux d'écorce des mangoliers, éprouvèrent un malaise sans trop en comprendre la source. Ce que rappelait Fakar était juste. Ses mots n'avaient rien de nouveau. Pourtant, quelque chose dans son ton ébranla l'auditoire.

Maïra sentit une sombre vérité prendre racine en elle. Elle venait d'acquérir la certitude que le pouc était un imposteur. La dureté de sa voix avait fini de le trahir. Fakar se vantait d'être en lien avec un espion du sorcier. Or Maïra était maintenant sûre que cet espion n'était autre que lui-même.

L'aînée des roufs se retourna sur sa couche en poussant un long soupir. Sa propre impuissance l'accablait. Elle disposait de trop peu de temps pour briser le masque de Fakar et le dénoncer aurait été vain. Non seulement jouissait-il d'un fort ascendant, mais les délégués avaient aussi de plus en plus de mal à adhérer à la morale des fées. Maïra savait qu'elle ne possédait aucune preuve. Elle n'en était pas moins persuadée que Fakar allait les mener à leur perte.

— Maïra… Maïra… murmura Myrli.

— Je ne te vois pas, répondit la vieille rouf en cherchant autour d'elle.

— C'est que je vole au-dessus de toi, répondit l'elfe. Sidor désire te parler. Suis-moi...

Myrli versa de la tisane de fleurs d'églantier dans une petite tasse de terre cuite joliment peinte par les elfes et la tendit à Maïra.

— La peur m'habite, Maïra, confia Sidor.

L'aîné des elfes, encore agile malgré son âge vénérable, était assis sur une grosse pierre, les genoux ramenés sous le menton. Ainsi perché, il pouvait mieux lire le visage de sa vieille amie.

Maïra posa sur lui un regard ému.

— J'ai peur moi aussi, souffla-t-elle.

Myrli s'installa à côté de Sidor. La petite elfe chargée de représenter les siens faisait pitié à voir. L'inquiétude brouillait ses traits si gracieux et sa délicate silhouette semblait porter un poids beaucoup trop lourd. Un essaim de lucioles papillonna autour d'eux, réchauffant la nuit de leur douce lumière.

— Le désespoir est un poison, murmura Maïra. Unissons nos pensées remplies d'espérance et de bienveillance et soufflons-les dans l'espace afin qu'elles envahissent les songes des nains, des lutins et des farfadets. Surtout, n'oublions jamais que les fées ne nous abandonnent pas et que Tar sera toujours avec nous.

Loin, très loin, la voix de Rosie s'unit secrètement à leur prière silencieuse.

LA RIVIÈRE CACHÉE

Jacob vécut les premières secondes avec une conscience aiguë de sa chute. L'air sifflait à ses oreilles pendant que les murs se resserraient autour de lui. S'il déviait de sa trajectoire, son dos ou sa tête heurterait la paroi.

Le grondement de l'eau s'accentua. Puis vint le contact. Il coula à pic. Il n'en finissait plus de s'enfoncer dans les profondeurs glacées, anticipant l'instant où ses pieds heurteraient le fond. Néanmoins, il n'y eut pas d'impact; au lieu d'un choc, il sentit son corps flotter dans l'eau noire.

Alors vint la douleur. Suffocante. Il avait besoin d'air. Ses poumons menaçaient d'éclater. C'était insoutenable. Un brasier lui dévorait la poitrine et le ventre.

Le temps était aboli. Il n'était plus qu'un corps souffrant. Une réalité s'imposa : il allait mourir noyé.

Youriana… Il ne la reverrait plus. Elle dormirait toujours. Telle la princesse du conte. Celle qui attendait un chevalier…

Et pourtant, elle aussi l'attendait. Elle était là… Juste au-dessus de lui… Dans cette lumière flottant à la surface de l'eau… Comme sa chevelure sur les draps du lit…

Le premier coup de pied de Jacob ne fut pas réfléchi. Il agit d'instinct. Le second fut commandé. L'effort aggrava l'horrible sentiment d'étranglement. Malgré tout, il parvint à commander un autre battement de jambes et à pousser l'eau de ses bras. Encore... Et encore...

Chaque manœuvre était moins efficace que la précédente. Chaque geste semblait être le dernier. Et surtout, l'espace entre chacun se creusait.

Sans cette chevelure d'or et de feu qu'il imaginait à la surface de l'eau, il n'aurait jamais pu accomplir les derniers mouvements, ceux qui lui déchirèrent les entrailles tant la sensation d'étouffement le torturait, tant le bourdonnement à ses oreilles l'étourdissait et pétrifiait ses pensées. Tant l'appel du néant était puissant. Ces derniers battements de bras et de jambes, Jacob les arracha à un espace secret, encore inexploré, enfoui au creux de ses entrailles.

Il émergea de l'eau, mû par une si faible poussée que pendant un moment sa tête parut condamnée à rester à moitié enfoncée, incapable de surgir tout à fait. Il mit une fraction de seconde avant de comprendre qu'il avait atteint l'air libre, qu'il pouvait ouvrir la bouche et emplir ses poumons.

L'air l'étouffa. Il toussa, aspira de l'eau et se sentit à nouveau perdu, incapable de respirer. La rivière l'emportait dans son courant. Des vagues éclaboussaient son visage. Il tenta désespérément de prendre un peu d'air, mais l'eau qu'il venait d'aspirer obstruait le passage. Il lutta comme il put, râlant, toussant, happant le vide jusqu'à ce que tout devienne noir.

La rivière souterraine décrivit alors un coude et le courant cracha son corps sur une rive caillouteuse où il s'immobilisa à trois pas de l'eau vive.

Il eut l'impression de se fendre. Une main puissante pétrissait son corps. Il vomit. Cracha. Toussa. L'air s'engouffra enfin dans ses poumons.

Il perçut le grondement de l'eau. Son odeur. Sentit le sol dur sous sa tête, son dos, ses paumes… Lentement, il parvint à bouger. Se retourner.

Ce grand corps d'enfant. L'œil bleu. Unique. Et ce sourire. Tendre et victorieux.

— Tout va bien, petit frère. Je suis là.

Rosie… Jacob ferma les yeux pour mieux respirer. Remplir son corps d'air. Rosie… Sa petite sœur géante. Il n'osait pas y croire.

— Où suis-je? parvint-il à demander.

— Au bord de la rivière cachée, répondit Rosie. Tu es hors de danger. Ne t'inquiète pas. Respire doucement…

Jacob obéit. Le sang irrigua peu à peu ses membres et son cerveau. L'eau vive grondait, tout près. Une rivière, avait dit Rosie. Un cours d'eau caché dans les profondeurs du sol sous la vallée des pierres debout.

Il se souvenait d'avoir sauté dans le vide, de s'être enfoncé dans l'eau noire, d'être remonté à la surface et d'avoir failli mourir à nouveau, jusqu'à ce que le courant le rejette. Quelque part, en amont, une crevasse fendait le haut plafond du tunnel au fond duquel grondait cette rivière. C'est de là qu'il avait sauté.

Rosie était agenouillée à ses côtés, sur la berge semée de galets. Elle l'avait aidé à expulser l'eau de ses poumons. Jacob était vivant. Mais il aurait suffi de bien peu pour que la rivière l'avale.

Des paroles surgirent.

— Les fées m'ont abandonné, souffla Jacob.

Même faible, sa voix trahissait son amère déception.

— Non, Jacob, les fées ne t'ont pas abandonné, déclara Rosie d'un ton remarquablement ferme.

Des images de Petit Poilu et des fougres mitraillèrent Jacob.

— Ce que j'ai vu était si atroce… Le xélou hurlait… Les fougres… C'était… balbutia-t-il.

— Oui. Je sais, le rassura la fillette géante.

— C'est ma faute, Rosie… Petit Poilu…

L'enfant géante caressa le front de Jacob du bout des doigts de sa seule main.

— Chuuut… Je sais…

Des larmes inondaient les joues de Jacob.

— Les fées m'ont abandonné, répéta-t-il.

— Les fées étaient là, petit frère, murmura-t-elle au bout d'un moment.

Jacob ouvrit la bouche pour protester, mais Rosie le fit taire d'un geste.

— Elles étaient là, reprit-elle. Seulement, tu ne les voyais pas.

Jacob secoua la tête, incrédule.

— Laisse-moi te raconter une histoire, insista Rosie.

Jacob s'était recroquevillé sur le sol, tremblant de froid, le corps secoué de spasmes nerveux. Rosie l'enveloppa de ses bras. Une douce chaleur envahit Jacob. Il ferma les yeux. La voix de Rosie s'éleva à nouveau.

— Je tiens l'histoire que je vais te raconter de mon père qui l'a appris de sa mère, qui elle, l'avait entendue de ses parents. C'était il y a longtemps. Pourtant, cela aurait pu être il y a quelques soleils seulement…

«À l'époque, Tar commanda à Mérival, un des plus grands magiciens du royaume caché, de traverser un long désert sous un soleil cuisant. Tar exigea que Mérival amorce sa route et ne s'arrête plus avant d'atteindre une lisière de verdure. Il lui défendit de faire usage de magie et le pressa de partir sur-le-champ, sans rien apporter à boire ni à manger. Il promit toutefois à Mérival de l'accompagner tout au long de son périple.

«Mérival partit. La chaleur était tellement vive qu'on aurait cru le ciel incendié. Pour accompagner le magicien, Tar prit le corps d'un vieillard. Mérival était jeune à l'époque et exceptionnellement vaillant. Lorsqu'il vit Tar se matérialiser à ses côtés, long et mince, coiffé d'une chevelure aussi blanche que les premières neiges, il songea qu'une bouteille d'eau et quelque chose à manger lui auraient été de meilleure utilité.

« Peu à peu, Mérival découvrit combien la présence de Tar était rassurante. Chaque fois que ses forces l'abandonnaient et que son courage fuyait, Tar avait des gestes aidants ou des paroles réparatrices, si bien que Mérival se découvrait des restes de vitalité pour continuer à avancer. Mais vint un moment où Mérival ne perçut plus ni la voix, ni même la présence de Tar. Il se sentit alors perdu.

« Sa traversée se transforma en cauchemar. Tout son être le pressait d'abandonner. Chacun de ses pas lui semblait arraché à des puissances maléfiques luttant pour l'entraîner ailleurs. Mérival ne savait plus s'il croyait aux fées ou aux sorciers. Il continua d'avancer avec la peur collée au ventre et le sentiment de ne plus avoir de repère. Le paysage se mit à défiler sous son regard halluciné, nimbé de brouillard et peuplé de fantômes. Sa soif était ravageuse et sa fatigue l'abrutissait au point d'effacer toute faim. Une pensée cognait inlassablement à ses tempes : "Tar m'a abandonné". Il se sentait si seul qu'il aurait pleuré s'il en avait eu la force.

« Soudain, alors même qu'il avait perdu espoir, une tache de verdure embrasa le désert droit devant lui. Mérival attendit d'y être pour y croire. C'était vrai. Il y avait un miracle de vie, là, sous son nez. Un bouquet de petites pousses d'un vert lumineux.

« Le magicien s'écroula. Nul ne sait pendant combien de temps il dormit. À son réveil, il entendit l'eau chanter. Une source fraîche coulait tout près. Il trouva une écuelle de bois à côté de lui. Quelqu'un lui avait déjà donné à boire.

« Il se releva lentement. Le vieillard qui l'avait accompagné à son départ était à nouveau près de lui. Mérival leva vers Tar un regard inondé de tristesse.

— Tu m'avais promis… Et tu m'as abandonné, reprocha le magicien, d'une voix brisée par la déception.

— Non, répondit le vieillard. Je ne t'ai pas abandonné.

Des mots se bousculèrent aux lèvres de Mérival.

— Vois les pas dans le sable, accusa-t-il. Il n'y a qu'une série de traces. J'étais seul.

Le vieil homme esquissa un sourire grave et tendre.

— Ces pas sont les miens. Les tiens n'apparaissent plus parce qu'à la fin, au lieu de marcher à côté de toi, je te portais dans mes bras. »

Rosie se tut. Jacob resta immobile. Il ne tremblait plus. Les mains de Rosie l'avaient guéri du froid et ses paroles avaient ranimé sa foi.

Jacob comprit que les fées ne l'avaient pas abandonné. C'est lui qui avait failli en cessant de croire en elles.

LA VRAIE BATAILLE

— À mon avis, il se cache quelque part dans la vallée des pierres debout, soutint Gork.

— Mes fougres ont perdu sa trace, alors comment peux-tu savoir qu'il est encore dans cette vallée ? s'enquit Zarcofo avec une grimace de mépris.

La stature du géant agressait le sorcier. Lorsqu'il avait pleinement le contrôle de ses moyens, Zarcofo se sentait investi d'une toute-puissance qui le rendait insensible à son entourage. La taille des géants, la cruauté des fougres, l'esprit tordu des bigueleux, la férocité des dragons, rien de cela ne l'émouvait. Mais l'hydransie qu'il avait absorbé avec Virzine affûtait ses sens et le rendait plus perméable à tout, si bien que sa confiance en lui-même était érodée. Pour l'instant, au lieu d'exciter son ardeur comme il l'avait espéré, le précieux liquide troublait le sorcier d'une exécrable manière.

Zarcofo se leva du coffre lui servant de trône. Une fois debout devant Gork, il se trouva ridiculement petit. Il n'arrivait même pas aux genoux du géant. Instinctivement, Gork s'assit sur le sol, comme s'il eut été conscient de l'inconfort de son hôte. Le sorcier échappa un grand rire méprisant. Les géants étaient tous pareils. Même ceux qui avaient le cœur noir! Une sorte de bienveillance stupide les infestait. Ils ne parvenaient jamais à être tout à fait mauvais et ils avaient du mal à assumer leur supériorité physique. Gork s'exténuait à affirmer sa puissance auprès des siens, mais il s'écrasait devant le sorcier.

— Je sais que la cyclope géante est encore dans la vallée de pierres, expliqua Gork. Je sais aussi que les géants sont dans leur cratère. Ils ne feront pas la guerre. À mon avis, les fées ont chargé la fille de Liénard de veiller sur le jeune humain. Elle est avec lui. Sinon, elle serait restée auprès des siens.

Le rappel de la neutralité des géants provoqua une flambée de colère dans le cœur du sorcier. Il eut soudainement envie de se venger en jetant un sort à Gork, une incantation sordide ou une métamorphose débilitante. Il pourrait le transformer en krouni par exemple.

Gork le dévisageait, hébété. Le sorcier se frotta le visage de sa longue main griffue comme pour effacer ce que le géant avait pu y lire. Si Gork parvenait à retracer l'Élu, il n'avait pas avantage à se le mettre à dos. Lui-même avait de plus en plus de difficulté à retrouver le jeune humain depuis qu'il avait pris des forces en progressant dans sa quête.

Le sorcier parvint à se ressaisir. L'hydransie brouillait dangereusement son esprit. La vieille Virzine ronflait, affalée sur le sol. Un filet de bave coulait de sa bouche. Zarcofo jugea le spectacle grotesque. Lui-même ne sombrait jamais dans une telle déchéance. Il ordonna à deux fougres de faire disparaître la sorcière de sa vue. Le sorcier regrettait d'avoir repris de l'hydransie. Il devait absolument rester vigilant. Coller à son plan. Se concentrer sur le jeune humain.

Zarcofo reporta son attention sur le géant.

— Si la jeune cyclope est encore dans la vallée de pierres, mes fougres devraient pouvoir la trouver! Où l'as-tu aperçue?

— Je ne l'ai pas vue, admit Gork. J'ai seulement senti sa présence en traversant la vallée…

— Tu as *senti* sa présence… rugit Zarcofo. Ne l'as-tu pas cherchée, imbécile?

Gork encaissa l'insulte. Un frisson désagréable parcourut cependant sa haute stature.

— Les géants ont le pouvoir de deviner la présence des leurs sans les voir, répondit Gork. J'ai senti la cyclope *sous* mes pieds. Il existe peut-être un passage… Une caverne ou un tunnel… J'ai cherché, mais je n'ai rien trouvé.

Zarcofo tritura un brin de longs poils grisâtres sur sa tête. Son visage se plissa, creusant ses traits de haine. Des éclairs cruels fusèrent de ses yeux. Gork en fut troublé.

— Où qu'il soit, le jeune humain n'est sûrement pas très vaillant, lança Zarcofo. Je sais que son xélou est mort d'une délicieuse manière. L'Élu porte le poids de cette perte. Qu'il fuie ou qu'il se cache, je l'aurai sous peu. La fille de Liénard n'y changera rien.

Gork hésita. Il redoutait plus que tout la colère du sorcier. Mais puisqu'il avait pour mission de l'informer…

— Je me dois de souligner... commença-t-il d'une voix hésitante.

— Crache, grand nigaud! s'impatienta Zarcofo.

— Je crois qu'une magie puissante est en jeu, déclara Gork. La fille de Liénard est habitée de pouvoirs nouveaux.

— Que racontes-tu?

— Je... je l'ai senti en même temps que sa présence. Une partie d'elle se dérobait. C'était comme si... les fées étaient en elle... avoua le géant.

Zarcofo écoutait, le corps tendu. Les deux billes jaunes au-dessus de son nez crochu brillaient d'une lueur sauvage. Gork en conçut une certaine fierté: il avait su atteindre le sorcier. Il décida de s'avancer, osant formuler une crainte dans l'espoir de démontrer au sorcier combien l'avenir des puissances maléfiques lui importait.

— Si vous me permettez... Je crois que malgré la réputation des fougres, dans cette situation où les fées n'ont pas encore perdu toutes leurs capacités d'intervention, l'issue du combat engageant les petits peuples n'est peut-être pas tout à fait certaine. Nous devrions prendre de nouvelles précautions ou même revoir la straté...

Un rire explosif s'échappa de la gorge du sorcier. Gork recula d'un pas. Le visage de Zarcofo se fendit d'un large sourire cynique.

— Ton inquiétude me fait plaisir, Gork, dit-il. Mais tu n'as rien compris. Mon plan n'est-il pas magnifique de ruse et d'intelligence?

Zarcofo exultait. Nul ne l'avait percé. Les fougres étaient dupes. Fakar était dupe. Les grichepoux, les filifous, les guilledoux, les harpies et tous les autres aussi. Les petits peuples ne se doutaient de rien. Et les géants encore moins. Ce qu'il avait ourdi allait être longtemps raconté dans tout le royaume caché.

La satisfaction du sorcier prenait une tournure jubilatoire. Il ferma les yeux et promena lentement sa langue fourchue sur ses lèvres fines. En relevant les paupières, il vit Gork, totalement mystifié. Il eut envie d'en profiter, négligeant la prudence. Il avait trop envie de voir le géant béat d'admiration devant sa magnificence.

— Je vais te faire une confidence, commença-t-il.

Gork abandonna son air morose. L'espoir flambait à nouveau en lui. Le sorcier le prenait pour confident. Peut-être un jour deviendrait-il le premier géant admis dans son entourage permanent?

— Tu veux savoir? demanda Zarcofo, amusé par la ferveur du géant.

Gork émit un bruit pathétique qui devait avoir une fonction affirmative.

— Cette guerre n'a que peu d'importance, déclara le sorcier. Ce n'est qu'un jeu, une vulgaire diversion. Ils croient tous que le sort du royaume se jouera dans cet affrontement. C'est ridicule !

« La vraie bataille se livre entre l'Élu et moi. Ma victoire ne dépend pas du nombre de nains ou de farfadets abattus par mes fougres. L'enjeu, c'est le jeune humain. Lui seul doit absolument tomber. Lui seul est dangereux. »

Zarcofo s'exprimait avec une ferveur exaltée. Gork osait à peine respirer.

— Ne comprends-tu pas ? hurla le sorcier, déchaîné. Le jeune humain convoite mon plus cher trésor. Il veut la princesse fée ! Le sort du royaume ne pèse pas si lourd dans le cœur de l'Élu. C'est pour la fille de Lauriane qu'il continue d'avancer.

Les dernières paroles du sorcier résonnèrent longtemps dans la salle principale de son antre.

— Je vais le briser, ajouta-t-il d'une voix glaciale. Ce ne sera même pas difficile et lorsqu'il tombera, toutes les forces enchantées basculeront avec lui. Je n'aurai pas besoin d'arme. Le jeune humain courra lui-même à sa perte. Il a déjà soif de sang. Sa fureur le fera couler et les fées n'y pourront rien.

LE GOÛT DU SANG

Jacob s'était endormi pendant que Rosie le réchauffait de ses bras. Entre deux songes, il l'entendit murmurer:

— Je dois partir, Jacob. Les fées me réclament. Si je restais pour t'assister, tu serais en danger. N'oublie jamais que Tar t'accompagne et les fées avec lui.

Les paroles de Rosie s'inscrivirent dans la mémoire de Jacob sans qu'il parvienne à distinguer le réel du songe. Il sentit un doigt effleurer son front pendant qu'il glissait dans de nouveaux rêves. À son réveil, sa petite sœur géante avait disparu, laissant derrière elle une outre remplie d'un breuvage sucré. Jacob but avidement et ressentit aussitôt un grand bien-être.

Il trouva la montre-boussole miraculeusement intacte au fond de sa poche. L'aiguille révélait que la rivière coulait vers le nord. Il n'avait qu'à longer le cours d'eau. En avançant sur la rive caillouteuse, Jacob se demanda jusqu'où le mèneraient ses pas. Les souvenirs de son périple avec Grou, son ami rouf mort étouffé dans une caverne, le hantaient. Quelles nouvelles épreuves le guettaient dans ce tunnel enfoui sous la vallée de pierres?

La rivière s'enfonça bruyamment dans un sombre passage où Jacob avait tout juste assez d'espace pour poser les pieds sur la berge sans être avalé par l'eau. Puis les murs de la grotte s'écartèrent à nouveau. Jacob accéda à un espace faiblement illuminé par une source secrète. En s'élargissant, le cours d'eau s'était assagi. Un faible grondement avait remplacé le rugissement assourdissant.

Les murs de la grotte ressemblaient à de lourdes draperies aux larges pans ondulants, figés dans une caresse du vent. Jacob s'arrêta, fasciné. Un peu plus loin, on eût dit qu'une bête sauvage avait griffé la paroi de glaise et de roc, traçant de longs sillons réguliers. Ailleurs, la surface évoquait les tendres lamelles d'un champignon et plus loin encore, le mur était hérissé de courtes pointes piquantes. Jacob pressa une paume contre un des pics qui s'effrita sous sa peau et il ne put s'empêcher de songer que ce qu'il venait de réduire en poussière avait peut-être mis des centaines, voire des milliers d'années à se former.

Tout autour de lui, Jacob découvrait de fabuleuses textures. Le roc semblait vivant. Les hautes tours de la vallée des pierres debout l'avaient impressionné, mais l'étonnante beauté de ces parois l'émouvait davantage. Il lui semblait avoir rendez-vous avec la matière au fond de cette grotte, dans le ventre de la terre.

Il continua d'avancer en longeant la rivière. Les murs se rapprochèrent encore, offrant des surfaces plus lisses sur lesquelles Jacob se surprit à reconnaître des formes comme dans les nuages. Un œil. Une girafe. Une feuille. Un oiseau. Un visage…

Son cœur se serra lorsqu'il reconnut les traits de Liénard, le bon géant, figés à jamais dans la mort. Il fut pris d'une douloureuse sensation d'oppression, qui contrastait horriblement avec la douce langueur des derniers moments. L'image se modifia comme si un souffle de vent avait effacé le premier dessin. Jacob poussa un cri d'horreur en apercevant Maririana, la plus cruelle des sept sorcières qu'il avait dû affronter. Elle était là, à un bras de distance, effroyable et menaçante, ses yeux de fauve braqués sur lui, sa bouche ouverte dans un ricanement silencieux.

Jacob secoua la tête et agita les bras pour chasser cette vision. Les traits s'effacèrent. Il recommença à marcher sur la rive devenue sablonneuse mais s'arrêta bientôt à un endroit où la rivière décrivait un coude. Les marques et les ombres creusées dans le roc s'assemblaient pour dessiner le visage de Léonie avec son sourire bienveillant et son bon regard de fée-marraine. Jacob resta immobile, soucieux de ne rien déranger, espérant ainsi pouvoir contempler plus longuement ce visage ami, mais les lignes du dessin se réassemblèrent aussitôt sous ses yeux.

Il ne reconnut pas immédiatement le nouveau visage, mais il s'entendit le nommer, presque malgré lui, dans un murmure.

— Maman…

Le ton était celui d'un enfant. Un enfant comme celui qu'il avait été à l'époque où il croyait encore que par sa seule présence, sa mère avait le pouvoir de repousser les monstres de la nuit.

Le visage disparut rapidement. Jacob se tourna vers la rivière, le cœur battant. Un faible courant agitait l'eau parfaitement limpide. Une silhouette apparut à la surface. Jacob n'eut pas le temps de l'examiner car son attention fut aussitôt réclamée ailleurs.

Il leva les yeux et vit les guerriers de Zarcofo sur les murs autour de lui. Derrière eux, des ombres immenses se mouvaient. Jacob entendit d'abord le claquement d'ailes. Puis il aperçut les dragons. Leur longue queue souple et mobile frappait le sol de la grotte. Une crête écarlate étincela en même temps que jaillit une gerbe de flammes blondes et bleues.

Un des fougres se détacha du groupe pour avancer vers Jacob. Petit Poilu était pendu à son bras. Inerte. Le fougre dardait Jacob de ses yeux remplis d'éclairs mauvais. Il ouvrit sa gueule et un ricanement monstrueux troua le silence.

Jacob s'élança vers le mur, fou de rage. Ses poings heurtèrent violemment le roc. Le choc l'étourdit, mais sa fureur était si grande qu'il ne ressentit pas la douleur. Il recula pour mieux voir. Les fougres étaient toujours là. Les dragons aussi. Plus nombreux. Plus terrifiants. Les fougres glapissaient. Les dragons faisaient claquer furieusement leurs ailes. Au cœur de ce tableau d'horreur, le regard de Jacob était happé par l'unique guerrier transportant le corps inanimé du petit xélou.

Un hurlement effroyable enterra tous les bruits. Jacob gonfla ses poumons et hurla encore. Puis il fonça. Un son mat résonna dans le silence neuf. Jacob eut conscience du bruit que fit son corps percutant la paroi. Un filet de sang chaud coula de son front, suivit l'arête du nez et glissa jusqu'à ses lèvres.

Le goût du sang fouetta Jacob. Il avait envie de tuer. Il avait *besoin* de tuer. Mitrailler l'adversaire d'un jet de projectiles comme dans le Grand Vide Bleu. Pas sur un écran cette fois. Il voulait tuer *pour vrai*. Fusiller ce fougre. Lui arracher la tête. Lui trancher la gorge. Ce qu'il éprouvait était plus fort que la faim ou la soif. Il se sentait prêt à mourir pour assouvir cet appétit de destruction.

Jacob garda les yeux rivés sur le mur où grouillaient ses ennemis. Son impuissance le rendait fou. Comment pouvait-il lutter contre des ombres? Il lui fallait de vrais fougres, de vrais dragons, un vrai sorcier à tuer. Tous les muscles de son corps étaient tendus à l'extrême.

Il resta un long moment hébété, ivre d'indignation, ahuri par le sentiment d'être si affreusement sans défense, incapable de se résigner à l'inaction. Lorsque son regard se détacha enfin de la paroi pour glisser vers le bassin à ses pieds, Jacob constata que la silhouette était encore là. Il reconnut alors son propre reflet dans l'eau et fut pris du désir, aussi fou qu'impérieux, de se jeter à l'eau pour attaquer ce jeune homme trop faible. Au dernier moment, un filet de voix le retint.

— Jacob…

La voix de Youriana. Il ne pouvait l'apercevoir, mais il savait qu'elle contemplait le même reflet. Youriana le pressait d'épouser sa vision. Elle voulait qu'il se voie tel qu'elle le voyait, avec un regard confiant et aimant. Jacob garda les yeux rivés sur l'eau. Ce rappel de l'existence de

Youriana changeait tout. C'était comme si le jour se levait en lui. Il resta immobile jusqu'à ce que sa fureur meure tout à fait. Lorsqu'il se tourna vers le mur le plus près, les dragons et les fougères avaient disparu.

Jacob scruta la paroi, allumé par un espoir ardent. Il aurait sacrifié beaucoup pour que le visage de Youriana s'imprime sur le roc. Il avait besoin de la voir. Elle seule pourrait chasser l'horreur.

Sans détacher son regard de la paroi, il laissa ses souvenirs dicter les premiers contours du visage tant aimé. Il fallait que le roc lui restitue les traits de sa princesse fée afin qu'il s'abreuve à cette image.

Elle apparut doucement, trait par trait, à croire que c'était lui qui la dessinait. Il laissa son regard se perdre dans cette apparition merveilleuse. Le temps ne coulait plus. L'espace autour de lui était aboli. Rien d'autre n'existait que ce visage. Les traits s'estompèrent peu à peu et disparurent tout à fait avant qu'il ne fût rassasié, mais il avait réussi à capturer une part de douceur et d'enchantement. Une vérité neuve prenait racine en lui. Il avait le pouvoir de redessiner ses peurs comme ses rêves. D'étouffer l'horreur et de libérer la magie. Sur ce mur comme dans la vie.

Il laissa courir ses pensées. Elles s'arrêtèrent sur son père. Jean-René Jobin. Jacob le revit tel qu'il apparaissait au retour du travail, les épaules voûtées, le visage éteint, les membres lourds. L'image s'imprima sur le roc. Avec quelque chose en plus. Son père le regardait. Et dans ce regard, Jacob découvrit la même bonté que dans celui de Léonie, mais brouillée par la tristesse et la honte. Une bouffée de tendresse éclata dans le cœur de Jacob. Il aurait voulu courir vers son père comme il avait couru vers les fougres et les dragonnets, non pas pour le cribler de coups, mais pour le prendre dans ses bras.

À force de concentration, il parvint à imprimer lui-même de nouvelles images sur la paroi. Il retourna dans l'antre des sorcières, laissa les souvenirs de terreur l'envahir et contempla le mur jusqu'à ce que Maririana réapparaisse, plus terrifiante encore qu'à sa première évocation. Après, il la délogea en s'accrochant à des visions enchanteresses : le sourire de Rosie, les mains de Youriana, le souffle des géants communiant avec le ciel et la terre…

Jacob sentit le sang battre à ses tempes. Il était stupéfié par ce qu'il venait d'accomplir. Il pouvait transformer ce qui s'offrait à lui. C'était une question de regard et d'éclairage, d'ombre et de soleil. Il fallait repousser l'obscurité et débusquer la lumière. Cette vérité encore fragile lui semblait porteuse de magnifiques espérances.

Jacob ferma les yeux pour mieux se recueillir. Il devait sortir de cette caverne. Retourner à l'air libre et trouver le sentier menant au château de la reine. En ouvrant les yeux, il fut surpris de constater que la rivière envahissait les berges devant lui. Il avait été trop pris par les apparitions sur les murs pour remarquer qu'il ne pouvait plus avancer sans entrer dans l'eau. Jacob comprit que cette partie du voyage arrivait à sa fin. Il avait trouvé refuge dans le ventre de la terre et il y avait assimilé des enseignements précieux. Sa quête le menait désormais ailleurs.

Il se glissa dans l'eau fraîche et nagea. C'était bon. Il continua, poussé par un faible courant. Plus il avançait, mieux l'eau semblait le porter. Il avait l'impression de renaître. L'eau chassait les peurs comme la douleur et l'irriguait de forces neuves.

Il ne fut pas surpris d'atteindre une impasse. Au bout du tunnel, la rivière formait un grand bassin d'eau calme. Jacob distingua une source lumineuse au fond de l'eau peu profonde. Sans réfléchir, sans hésiter, il prit une longue inspiration et plongea.

Il eut très peu conscience de la suite. Pendant un court moment, il se sentit aspiré. Puis il ressentit un choc comme s'il eut été victime d'un atterrissage brutal. Une explosion de lumière l'accueillit et l'air frais emplit ses poumons.

Des odeurs de forêt, d'herbe et de fleurs l'envahirent. Il perçut des pépiements, des chuchotements et des rires. Une brise tiède et parfumée caressa sa peau. Des notes nées d'un instrument inconnu parvinrent à ses oreilles. C'était une musique parfaite, magnifiquement accordée à la symphonie du monde produite par les arbres, les oiseaux, les petites bêtes, les insectes et le vent.

Jacob éprouva le sentiment d'être enfin arrivé à destination. Toute cette route, toutes ces épreuves, toutes ces peurs et ces souffrances prenaient soudainement un sens. Elles constituaient une frontière obligée, une forêt de ronces comme dans le conte de la Belle au bois dormant. Elles menaient à ce territoire rêvé dont il avait lu la description dans *La grande encyclopédie des fées* écrite par son parrain : la forêt des elfes.

LA TAÏRA

— Ce lieu où tu m'as menée ne te ressemble guère, Filavie, confia Rosie à la jeune fée. Tout est si triste autour de nous. J'aurais préféré accompagner Jacob dans ta forêt…

— Je sais, répondit Filavie en gratifiant la fillette géante d'un sourire bienveillant. Mais chacun doit suivre sa route. Si Lauriane te veut ici, dans cette taïra austère, c'est qu'il doit en être ainsi.

— J'aimerais bien savoir ce que tu sais que je ne sais pas et ce que tu vois que je ne vois pas, admit Rosie. Je m'inquiète pour nous tous et encore davantage pour l'Élu. Pourquoi s'arrête-t-il dans la forêt des elfes alors que le sort du royaume est entre ses mains et que Zarcofo ne cesse d'affirmer sa puissance ?

— Notre reine croit qu'après il pourra mieux affronter ce qui l'attend, répondit Filavie.

— Comment ?

— L'Élu est amoureux de Youriana, rappela la jeune fée. Son ardeur le porte, mais il faut davantage. Il doit adhérer à la morale des fées. Lauriane voudrait qu'il soit touché par la beauté du monde. Or il n'existe pas de meilleur lieu que la forêt des elfes.

— Qu'arrivera-t-il s'il n'épouse pas la morale des fées? insista Rosie.

— Il risque de tout détruire, reconnut Filavie.

Filavie repoussa ses propres inquiétudes afin d'offrir un sourire réconfortant à la fillette géante.

— Ne t'inquiète pas, petite fille. Laisse les fées orchestrer ce qui doit advenir. Nous aurons besoin de toi, alors mange pour rester vaillante. Les elfes seront fâchés si tu ne fais pas honneur à leur repas.

Rosie déballa le paquet sur ses genoux. Sous l'emballage de feuilles, les elfes avaient réuni des préparations végétales en quantité suffisante pour satisfaire deux géants.

— Tu trouveras des petits gâteaux d'algues d'eau douce, du pain de trèfle blond, des pâtés de feuilles de kalmia ainsi que du nectar de fleurs d'églantiers, avait expliqué la princesse des elfes en lui remettant ce repas.

Rosie devinait les trésors d'énergie qu'avaient dû déployer les elfes pour produire toute cette nourriture alors même qu'il y avait tant à faire à l'approche du grand combat. La fillette géante cueillit un des minuscules gâteaux et l'avala tout rond. C'était délicieux! Malheureusement, le lieu du festin n'était guère inspirant.

Il n'y avait, à perte de vue, qu'un sol triste, à peine vallonné, qui lui rappelait les descriptions des anciens du cratère des géants après la divine colère de Tar. De rares arbustes rabougris tendaient vers le ciel leurs branches chétives tordues par des vents puissants. Qu'attendait-on d'elle ici ? Rosie avait compris que Zarcofo pouvait désormais la repérer grâce à Gork et qu'elle devait rester loin de Jacob pour éviter que les fougres le retrouvent. La fillette géante se sentait honorée d'avoir été choisie par les fées, mais elle s'ennuyait du refuge où elle soignait ses bêtes dans le cratère des géants.

Rosie finit d'avaler le pain de trèfle, prit une gorgée de nectar et osa formuler la question qui la tourmentait :

— Notre reine ne m'a pas encore clairement expliqué ce que les fées attendent de moi. Peux-tu me le dire, toi, Filavie ?

La jeune fée ne fut pas surprise par la question de Rosie. Elle avait la permission de fournir une réponse même si Lauriane préférait laisser à Rosie le temps d'apprivoiser son rôle.

Un bruit interrompit leur conversation. Maïra venait vers elles. Sa présence n'aurait peut-être pas réussi à détourner l'attention de Rosie, préoccupée par son questionnement, si l'aînée des roufs n'était arrivée dans un bruit de cavalcade.

Filavie prit plaisir à voir le visage de la fillette géante s'illuminer en découvrant Maïra sur sa monture. Bouleversée par l'apparition, Rosie se leva brusquement en laissant tomber la nourriture qu'elle tenait dans sa main. Elle resta un moment hésitante, comme si ce qui lui était donné à contempler était trop merveilleux pour être vrai.

— Fandor ! s'exclama-t-elle enfin en se précipitant vers l'animal.

Aux côtés de Rosie, le chien-cheval avait l'apparence d'un tout petit chiot. Son pelage terne était zébré de cicatrices et ses côtes saillaient, mais sa queue frétillait de plaisir.

— Les petits peuples restent divisés, expliqua Maïra pendant que Rosie caressait le pelage de Fandor. En l'absence d'une volonté commune, nous sommes tenus de veiller sur ceux qui ont choisi l'affrontement. Dans le feu de l'action, certains pourraient revoir leur position, peut-être même se replier, mais l'odeur du sang enflamme déjà les esprits…

— Il faut tenter de mener les troupes jusqu'à cette taïra où nous sommes, répliqua Filavie. L'influence de Zarcofo y est moins grande car le château de la reine n'est plus si loin.

— Fakar n'a-t-il pas suggéré que les petits peuples se rassemblent ici ?

— C'est un piège, assura la jeune fée. Fakar sait que les petits peuples seront décimés avant d'atteindre la taïra. Le sorcier veut simplement réunir ses victimes. Il compte attaquer dans la vallée des pierres debout. Fakar joue bien son rôle. Il s'apprête à livrer les petits peuples à Zarcofo sur un plateau d'argent. Ils auront bien peu de chances d'échapper à tous ces fougres que le sorcier garde affamés depuis tant de soleils. Les armées de Zarcofo seront postées dans la vallée. Elles pourront suivre la progression des troupes guidées par Fakar et attaquer quand bon leur semblera.

— Il faut les alerter ! s'insurgea Rosie. Si vous leur expliquez, ils comprendront. Et ils vous suivront, j'en suis sûre.

Filavie et Maïra échangèrent un regard triste.

— Malheureusement, ce que nous vivons a été prédit par les plus grands magiciens et nous ne pouvons faire plus, répondit Maïra. Nul ne connaît l'issue de l'affrontement à venir, mais notre rôle à nous, Filavie et moi, est bien défini. Ce que je sais ne peut être révélé, même aux miens, ces pauvres roufs entraînés malgré eux dans une folle guerre.

La voix de Maïra s'enroua.

— Il aurait fallu que la foi des représentants des petits peuples parvienne à ébranler ceux qui en manquaient, dit-elle encore. Je l'espérais vivement, mais ça ne s'est pas produit.

Rosie médita ces paroles. Fandor dormait, sa bonne tête appuyée sur une jambe de la fillette géante.

— Je ne vous demanderai donc pas ce qui est attendu de moi car je devine que votre silence est voulu, déclara-t-elle. Dites-moi seulement comment Fandor a pu venir jusqu'ici. Je voudrais croire qu'il ne disparaîtra pas à nouveau sous mes yeux.

Le regard bleu de Filavie s'emplit de tendresse.

— Le chien-cheval est parvenu à se libérer pendant que Zarcofo cuvait son trop-plein d'hydransie, raconta la jeune fée. Si le sorcier ne s'était pas enivré, Fandor serait encore dans sa cage. Il a réussi cet exploit que nous chanterons longtemps parce qu'il avait gardé des réserves d'espérance et qu'il avait merveilleusement accompli ce que les fées attendaient de lui.

« Cent fois, le chien-cheval aurait pu se laisser mourir. Cent fois, il aurait pu laisser les forces maléfiques se frayer un chemin jusqu'à son âme. Il a résisté et le moment venu, il a foncé en déployant toutes les forces dont il disposait encore. Les fées ont alors pu lui accorder leur assistance. Fandor émerge de cet exploit plus puissant. Mais nul ne sait ce qui l'attend, comme nul ne sait ce qu'il adviendra de nous au prochain soleil… »

Rosie pressa ses lèvres sur le crâne de la bête endormie en faisant le vœu de ne jamais perdre ses dernières réserves d'espérance pour accomplir ce que les fées attendaient d'elle.

LA FORÊT DES ELFES

Jacob contemplait la pluie de feuilles d'un vert profond, tacheté d'or, tombant des mangoliers. Combien de petites créatures féeriques habitaient dans les cavités du tronc, sous les ramures et dans l'enchevêtrement fabuleux de racines? Pendant qu'il épiait cette vie secrète, le soleil de jour s'éclipsa soudainement. Sitôt obscurci, le ciel s'illumina de myriades d'étoiles et des essaims de lucioles emplirent la forêt.

Jacob avait déjà observé ces insectes lors d'un séjour au camp de vacances, mais ce qui lui était donné à voir dans la forêt des elfes n'avait rien de comparable. On aurait dit des miettes d'étoiles palpitant dans la nuit.

Outre ces petites lumières ailées, tout ce qui grouille et respire restait prudemment dissimulé. Pourtant, Jacob devinait la présence des elfes et il en était ému. Selon les écrits de Théodore Jobin, les elfes étaient, de tous les êtres féeriques, les plus près des fées. Leur aura magique était si vibrante que l'air autour d'eux en était rempli. Une douce euphorie atteignit Jacob. Il lui semblait que toutes les forces présentes dans cette forêt s'accordaient parfaitement et qu'il s'en dégageait une sorte de musique. Un chant du monde.

Il trouva un sentier de pierres lisses sous ses pieds et le suivit jusqu'à un immense mangolier. Des tiges entrelacées pendaient du faîte de l'arbre. Jacob s'en servit pour se hisser jusqu'à une première branche, puis une deuxième et découvrit, haut perché dans l'arbre, un lit de ramilles et de feuilles parfaitement adapté à sa taille.

Les elfes semblaient s'être inspirés des toiles d'araignées pour réaliser ce tissage de végétaux, si bien tendu entre les branches du mangolier qu'il semblait faire partie de l'arbre. Sitôt allongé, Jacob tomba endormi.

Ce fut une nuit de repos, magnifiquement réparatrice. À son réveil, Jacob eut l'impression d'avoir dormi dans le ventre de cette forêt. Ou dans celui de la terre. Il ne se souvenait de rien. Ni bruit, ni songe, ni odeur, ni peur. Il émergeait de son sommeil comme d'un lac tranquille, habité par une paix délicieuse.

Dès qu'il ouvrit les yeux, une exclamation ravie fusa de ses lèvres. Des dizaines d'elfes étaient posés sur les branches autour de lui. « De minuscules fées ailées », songea Jacob. Un concert de murmures amusés accueillit sa réflexion si bien que Jacob se demanda si les elfes n'avaient pas accès à ses pensées.

— Vous… vous êtes… Je suis dans la forêt… balbutia Jacob.

Une cascade de rires argentins lui répondit. Une elfe s'approcha de Jacob dans un faible bruissement d'ailes. Un rayon de lumière s'accrocha à ses ailes, révélant des reflets chatoyants où perçaient des verts irisés et des bleus ardents. Jacob se souvenait d'avoir longuement admiré les ailes d'une libellule pendant ses heures de contemplation commandées par Léonie. Les ailes de l'elfe semblaient avoir été créées par le même magicien. Après s'être exercé sur les insectes, il avait réussi cette œuvre d'une beauté parfaite : des ailes découpées dans la plus fine dentelle noire, saupoudrées de poussière d'étoiles et d'éclats de soleil.

« Youriana a-t-elle des ailes ? » se demanda soudain Jacob. Dès qu'il eut évoqué sa princesse fée, elle inonda ses pensées. Depuis qu'il l'avait vue pour la première fois, dans les replis d'un songe, l'envoûtement merveilleux n'avait cessé de croître. Elle était en lui, tel un torrent prêt à jaillir. Quoi qu'il advienne, elle ressurgissait toujours.

Youriana. Sa princesse fée, sa forêt, sa mer, sa plage, son horizon, son phare dans cette nuit trop longue. Son soleil. Dans cette forêt magique, encore plus qu'ailleurs, il avait désespérément envie de la tenir dans ses bras. D'enfouir son visage dans son cou. De glisser ses doigts dans ses longs cheveux. De la découvrir et de l'apprivoiser de mille manières.

Youriana appartenait à cette forêt. Jacob comprit soudain, comme en un éblouissement, ce qu'aucun passage de l'encyclopédie de son oncle ne pouvait exprimer : la grâce des elfes et la magie des fées. Leur cousinage secret, leur appartenance à un même espace délicieusement enchanté.

Les elfes durent l'entendre penser. Ils le laissèrent rêvasser avant de s'adresser à lui. Lorsque Jacob émergea de ses réflexions ardentes, une elfe voleta jusqu'à lui.

— Nous te souhaitons la meilleure bienvenue dans notre forêt, dit l'elfe. Je suis Myrli, princesse des elfes. Tu ne seras pas longtemps parmi nous. Profite bien de chaque moment qui t'est offert ici. Nos amis les arbres dont tu ne connais pas encore le langage sont heureux de t'accueillir de même que tout ce qui bouge et respire parmi nous. Sache que la rosée comme la pluie et le soleil de jour aussi bien que de nuit te seront ici favorables.

Elle avait la taille d'un oiseau, un bruant ou peut-être une sittelle. Des cheveux de la couleur d'un grain de maïs, des yeux ni verts ni bleus mais les deux à la fois. Son corps menu était recouvert d'une substance végétale, à croire qu'il existait une feuille ou une corolle superbement ajustée à sa silhouette.

— Nous aimerions t'offrir un peu de nourriture afin que tu prennes des forces, ajouta la princesse des elfes.

Des elfes déposèrent devant Jacob un plateau fait de branches et débordant de mets exquis. Jacob s'assit sur son lit de feuilles, les yeux ronds de plaisir. Plusieurs elfes étouffèrent des rires, heureux de le découvrir gourmand.

— Commence par la tisane de yacoub! suggéra une petite voix féminine.

— Non! Le gâteau de myosotis! plaida une voix masculine.

— Tut! tut! tut! gronda gentiment Myrli. Laissez l'Élu se délecter à sa guise.

Jacob but quelques gorgées de tisane. C'était chaud, réconfortant et délicatement sucré. Il mordit ensuite dans une galette tiède au goût de miel et de noisettes grillées, dégusta le gâteau au myosotis et se régala d'un pâté très parfumé qu'il devina aux herbes et aux petits fruits. Chaque mets était savoureux et procurait une agréable sensation de contentement sans alourdir le corps ni l'esprit. De la nourriture de fées, songea Jacob en ramassant du bout d'un doigt quelques miettes égarées sur le plateau.

Pendant qu'il mangeait, les elfes avaient amorcé un concert. Quelques flûtes, puis des voix auxquelles s'ajoutèrent de minuscules instruments à cordes de construction simple mais capables d'émettre une grande variété de sons. L'ensemble composait une musique enveloppante, tout à la fois apaisante et énergisante. Jacob resta un long moment immobile à profiter de ce concert céleste. Une voix remplie d'excitation mit fin à la musique:

— Venez! Vite! Mélie est prête.

Les elfes voletèrent vers la base de l'arbre. Jacob les y rejoignit. Une elfe un peu plus petite que les autres se tenait debout sur une racine surélevée, ses bras menus allongés de chaque côté de son corps légèrement ployé vers l'avant. Elle semblait totalement absorbée par un travail lent et secret pendant que deux appendices informes, semblables à de minuscules feuilles de papier froissé, frémissaient dans son dos.

Deux ailes encore un peu chiffonnées apparurent finalement, extraordinairement délicates, mais sans couleur ni brillance. Debout sur leurs fines jambes galbées comme des pattes de sauterelle, les elfes réunis semblaient retenir leur souffle.

Un cri de ravissement parcourut la foule lorsque les excroissances dans le dos de Mélie se défroissèrent complètement et qu'elle battit des ailes pour la première fois. Elle continua avec une ardeur émouvante et son corps quitta le sol. L'elfe s'éleva doucement, propulsée par ses ailes neuves, et continua de se hisser toujours plus haut pendant que ses ailes se paraient de couleurs chatoyantes.

Myrli s'approcha de Jacob :

— Mélie a travaillé fort avant de mériter d'ouvrir ses ailes, expliqua-t-elle pendant que Jacob poursuivait du regard l'elfe transformée, évoluant désormais à la cime des grands arbres, de plus en plus gracieuse.

Jacob se tourna vers la princesse des elfes, en proie à un grand émoi.

— J'aimerais tellement voler, moi aussi, confia-t-il avec ferveur. Je devine que Youriana le peut…

— Oui. Youriana le peut, admit Myrli. Et toi aussi… même si tu n'auras jamais d'ailes.

— Comment ? Dites-moi… la pressa Jacob.

— Nos ailes sont une adorable parure. Le vrai déploiement est invisible et profondément mystérieux. Lorsque nos ailes commencent à s'ouvrir, nous volons déjà. Comprends-tu ?

Jacob n'eut pas le courage d'acquiescer. Il lui semblait saisir confusément quelque chose d'extrêmement important, mais cette vérité restait fuyante.

— Ce que tu crois comprendre est juste, l'encouragea Myrli. De splendides ailes palpitent au fond de toi, Jacob Jobin. C'est à toi de les déployer. Tu peux atteindre de prodigieux sommets et réussir des prouesses de voltige. Avant, tu dois toutefois te débarrasser de tes peurs et repousser tout ce qui t'éteint ou gruge tes ardeurs.

Jacob buvait les paroles de Myrli, le corps tendu par l'effort alors qu'il faisait appel à tous ses sens, à son instinct comme à son cœur et à son intelligence pour bien comprendre ces paroles qu'il savait capitales.

— Ce n'est pas tout... continua la princesse des elfes. Pour réussir à voler, il faut aussi le désirer plus que tout au monde. Y croire de tout ton cœur. Avoir foi en soi, en cette nature autour de nous et en les fées qui nous accompagnent.

Un sourire effleura les lèvres de Jacob, mais il s'assombrit presque aussitôt.

— Je ne pourrai jamais m'élever dans le ciel comme l'elfe Mélie, protesta-t-il. Je ne me sentirai jamais *réellement* porté par des ailes.

— C'est ce que tu crois? demanda Myrli en rivant ses petites billes bleu-vert dans le regard de Jacob. Pense à notre princesse fée, ami Jacob. Imagine-la... Maintenant, laisse-toi porter vers elle. Corps et âme. Tu verras, il pourrait bien te pousser des ailes...

Une forte émotion étreignit Jacob quand il se souvint des paroles de la chanson de Simon-Pierre: *Je ne veux plus ramper... Fabriquez-moi des ailes...* Il aurait fallu que

Simon-Pierre rencontre Myrli pour comprendre qu'il n'en tenait qu'à lui d'ouvrir ses ailes.

Jacob imagina sa lointaine princesse fée, prisonnière du sort de Zarcofo, immobile et silencieuse sur son lit étroit. Encouragé par les paroles de Myrli et par toutes les présences enchantées autour de lui, il la contempla avec des yeux différents. Il comprit alors que pour véritablement s'approcher d'elle, il ne pouvait simplement avancer, marcher ou même courir. Il devait s'élever.

Youriana réclamait le meilleur de lui-même. Elle appelait ses plus nobles ardeurs, fouettait son courage, galvanisait sa foi en tout ce qui est beau et bon. Pour l'atteindre, il devait absolument se dépasser.

Myrli avait raison. Youriana l'aidait à déployer ses ailes. Elle lui apprenait à voler.

LES ORDRES

Sans faire appel à la magie, avec pour seule énergie sa fureur, Zarcofo brisa la lourde chaîne qu'il tenait à deux mains.

— Offre les gardiens en pâture aux dragons ! ordonna-t-il à Gork.

Le géant se pencha pour ramasser les corps des six fougres écrasés sur le sol. Dans un premier élan de rage, le sorcier s'était acharné sur ses gardiens avec son sceptre d'or, brisant leurs os et massacrant leur chair. Il ne restait plus qu'un amas sanguinolent de membres disloqués. En chargeant ce paquet informe dans ses bras, le géant perçut quelques sursauts de vie agonisante.

Zarcofo resta seul à regarder la cage vide. Il s'était retenu de supplicier le chien-cheval jusqu'à ce que mort s'ensuive en espérant le tourmenter sous les yeux de l'Élu et voilà que la vilaine bête s'était enfuie. Malgré le peu d'eau et la quasi-absence de nourriture, l'animal avait réussi à préserver ses pouvoirs magiques, échappant courageusement au piège de vouloir mourir pour que cesse la souffrance.

Une vive colère enflamma le sorcier. Il avait l'impression que du feu liquide coulait dans ses veines et qu'à force d'être parcouru de décharges furieuses son corps entier allait s'embraser. Le pire, c'est qu'il se savait coupable. Il s'était laissé abrutir par l'hydransie. C'était là une marque de faiblesse impardonnable. Il aurait dû résister. Et sans doute y serait-il parvenu si les fées n'avaient pas été plus puissantes qu'il ne l'avait cru. Malgré leur reine mourante et leur princesse égarée dans ses songes, les fées continuaient de lui faire obstacle et de l'éprouver.

Cela signifiait que l'Élu avait acquis des forces neuves. Sinon, les fées se seraient épuisées à le garder vivant pour l'aider à poursuivre misérablement sa route. Or le pouvoir des fées avait trop peu diminué sous les derniers soleils. L'équilibre des forces n'était pas suffisamment menacé. Zarcofo restait condamné à partager son règne avec celles qu'il s'était promis d'écraser.

Il devait agir rapidement. Fouetter la colère de l'Élu pour réveiller les dernières forces maléfiques qui sommeillaient en lui. Alors, seulement, il pourrait le faire tomber. Et par tous les sorciers, passés et à venir, il s'en amuserait de la plus abjecte manière.

Zarcofo attendit le retour de Gork. Lorsqu'il le vit arriver, ragaillardi par le spectacle des dragons happant le corps des fougres, Zarcofo sut que Gork pourrait l'assister. Il n'avait pas l'âme aussi grise que les fougres, il était bien moins perfide que Fakar, mais il saurait leur en imposer. Autant de malignité dans un corps si immense ne pouvait qu'impressionner.

— Nous attaquons sur-le-champ! annonça le sorcier. Je te nomme commandant d'armée. Libère les mille fougres les plus affamés, deux colonies de filifous et autant de guilledoux, ces vieilles sangsues détestables que je garde en réserve depuis trop d'années.

Pendant un bref moment, Gork se crut dépassé. Il n'eut cependant pas à douter longtemps de lui. Un fort courant d'énergie maligne l'envahit alors que Zarcofo usait de magie pour attiser les braises noires de son âme. Lorsque le sorcier exposa le plan d'attaque à son nouveau général d'armée, Gork poussa un gloussement de plaisir.

LA BEAUTÉ DU MONDE

Jacob attendit que réapparaissent les lucioles avant de monter dans l'arbre où il avait dormi la veille. Cette fois, il garda longtemps les yeux ouverts, repoussant le sommeil pour mieux savourer les souvenirs de cette magnifique journée. Où qu'il aille, quoi qu'il lui arrive, il ne serait plus jamais le même. Il ne verrait plus les arbres de la même manière et les chuchotements du vent n'auraient plus le même son à ses oreilles. Et encore, ce n'était là qu'une part minuscule de la transformation qui s'était opérée en lui depuis son arrivée dans la forêt des elfes. Il lui manquait des mots pour qualifier ce qu'il venait de vivre.

La princesse Myrli et Sidor, l'aîné des elfes, avaient poursuivi l'entreprise amorcée par Léonie en initiant l'Élu à la contemplation merveilleuse. Plus encore que l'observation patiente et minutieuse de l'infiniment grand et de l'infiniment petit, ce regard neuf porté sur le monde avait métamorphosé Jacob. Les elfes lui avaient appris à débusquer la beauté en toute chose, du simple caillou aux corolles éclatantes, du moucheron à la luciole, du grain de sable à la goutte de rosée.

Chaque conquête, chaque émoi rapprochait Jacob de Youriana. Il la découvrait en même temps que cette forêt où il se laissait guider. Ces contemplations ferventes lui révélaient mieux que n'importe quel discours ce que les fées lui demandaient de défendre : la beauté du monde, le don d'émerveillement, le triomphe des forces vives. Plus le jour avançait, mieux Jacob saisissait l'importance des fées et leur participation essentielle à l'équilibre du monde.

Sa propre mission ne lui avait jamais paru si noble. Les fées avaient vu en lui un être d'exception, capable de mener à terme une mission encore plus difficile que tout ce qu'il aurait pu imaginer. Et il tenait bon. Mieux ! Il sentait les forces enchantées croître en lui.

Il n'avait jamais tant souhaité réussir. Il était prêt à tout pour ramener la pierre bleue à Youriana, la libérant ainsi du sort qui la retenait prisonnière afin qu'elle puisse régner sur le royaume caché. En la sauvant, il sauverait toutes les fées, les petits peuples féeriques et les géants. En la sauvant, il sauverait aussi cette forêt fantastique.

Jacob ferma les paupières. Il devait dormir car il partirait à l'aube. Il aurait aimé rester pour apprendre à parler aux arbres et aux insectes. Pour sentir le pays de Youriana près de lui. Et aussi pour assister à une communion elfique, cette cérémonie de recueillement au cours de laquelle tous les elfes unissent leurs forces pour les répandre dans l'espace afin que les petits peuples en profitent.

— Chaque fois que nous réalisons cet exploit, les fées nous entendent et mêlent leurs pouvoirs aux nôtres, avait expliqué Myrli avant d'abandonner Jacob à ses rêveries. Il en résulte une chimie fabuleuse, si bien que nos forces sont multipliées. Les elfes contribuent ainsi au réenchantement de l'univers. Nous sommes les seuls à y parvenir. Les géants communient avec la terre et le ciel, mais ce qui émerge d'eux ne dépasse pas encore les frontières de leur cratère.

« Un jour, lorsque les forces enchantées pèseront plus lourd dans l'équilibre du royaume, les géants parviendront à unir leur énergie à la nôtre et les nains se joindront à nous, entraînant avec eux les gnomes. Un jour, tous les petits peuples communieront ensemble. Alors seulement, les puissances maléfiques ne formeront plus qu'un lit de cendres froides. »

Dès qu'il ouvrit les yeux, Jacob sentit que la forêt s'était transformée. Il fut d'abord surpris par le silence. Puis il fut saisi par de pesantes odeurs masquant les parfums d'herbe et de fleurs.

Les elfes restaient invisibles. Pourquoi ne se manifestaient-ils pas ? Un pressentiment affreux poussa Jacob à descendre rapidement de l'arbre.

Le soleil de jour s'était levé dans un ciel laiteux qu'il n'arrivait pas à percer. Les arbres semblaient figés, engourdis ou peut-être effrayés. Rien ne bruissait, rien ne palpitait, aucun froissement de vie n'échappait à cette immobilité pesante. Jacob emprunta le sentier de petits cailloux qui l'avait mené jusqu'à l'arbre où les elfes l'avaient installé.

À mesure qu'il avançait, un sentiment horrible croissait en lui. Son œil magique l'avertissait, non pas d'un danger, mais d'une catastrophe. Il la pressentait d'une manière si nette qu'il devait réprimer une envie de hurler avant même d'avoir découvert ce qui l'attendait.

Zarcofo. Pour la première fois depuis le début de sa mission, Jacob respirait sa présence. Une odeur de mort et de cruauté, très perceptible, flottait à ras de sol. Quel massacre le sorcier avait-il commandé? Quelles petites créatures les fougres avaient-ils torturées? Même s'il ne pouvait deviner la nature du carnage, Jacob savait que quelque chose d'atroce était arrivé.

Les elfes n'avaient pas eu le temps de lui enseigner à converser avec les arbres, mais son bref séjour dans leur forêt avait permis à Jacob d'apprendre à reconnaître le formidable grouillement de vie sous l'écorce. Il pouvait désormais percevoir la mouvance des sèves, le frémissement ligneux et le souvenir des saisons anciennes palpitant au cœur d'un tronc. En cette aube nouvelle, les arbres étaient horriblement fixes et silencieux.

Jacob continua de poser un pied devant l'autre sur le sentier de cailloux. L'appréhension avait cédé la place à l'angoisse. Elle lui collait au ventre comme en ces nuits d'enfance lorsqu'au réveil d'un cauchemar il avançait à tâtons jusqu'à la chambre de ses parents, persuadé qu'à tout moment un monstre allait jaillir de l'ombre pour l'attaquer. Cette fois, malheureusement, le cauchemar était vrai.

Chaque pas le rapprochait de l'horreur. Son œil magique le lui soufflait. Cette peur montante n'était pas seulement le fruit de l'attente, elle enflait à mesure qu'il avançait vers l'œuvre du sorcier. Soudain, il sut qu'il était arrivé. Instinctivement, il tendit un bras pour toucher à l'arbre le plus proche, tout en gardant les yeux rivés sur le sol. Il attendit un peu, espérant apprivoiser ce qui lui serait donné à voir. Lorsqu'il releva la tête pour affronter le spectacle, sa bouche s'ouvrit sur un cri muet.

Des dizaines d'elfes étaient cloués aux grands arbres qu'ils aimaient tant. Des miettes d'ailes s'éparpillaient sur le sol, mêlées à des lambeaux d'habits végétaux. Les elfes avaient été empalés vivants. Leur tête retombait sur de frêles épaules affaissées, alors que leurs bras pendaient, tristement inertes et encore gracieux pourtant.

Les guerriers de Zarcofo avaient planté des éclats de bois dans la poitrine de leurs victimes. Une flèche aurait fait moins de dommages. Les éclisses avaient sauvagement crevé la chair. Une bouillie rouge moussait autour des plaies et des ruisseaux de sang coulaient sur les corps. C'était un tableau d'une telle désolation que les arbres témoins étaient restés pétrifiés d'épouvante.

Jacob suffoquait. C'était trop affreux. Il devait fuir pour éviter que la folie s'empare de lui. Filer vers le nord. S'accrocher à sa mission. Espérer que tout soit encore possible même si Zarcofo l'avait débusqué, même s'il savait que le sorcier allait frapper encore.

Un faible gémissement le fit sursauter. Il se retourna, recula et eut l'impression de mourir. La princesse Myrli était clouée à un arbre devant lui. Ses yeux étaient ouverts et elle respirait toujours. Jacob eut peur de rester figé, incapable de remuer, condamné à regarder cette scène indéfiniment. Il parvint malgré tout à s'avancer. Un sourire tremblant illumina le visage de l'elfe.

Jacob arracha l'éclat de bois d'un mouvement sec. La princesse des elfes glissa dans sa main. Lorsqu'il trouva le courage de la regarder à nouveau, Jacob constata que les yeux de Myrli s'étaient refermés et que plus rien ne semblait remuer en elle.

Il fouilla l'espace autour de lui en quête d'assistance. Son propre cœur battait à tout rompre et l'angoisse lui tordait les tripes. Il ne pouvait se résoudre à abandonner Myrli. Il y avait déjà eu trop d'atrocités. Trop de morts, trop de départs, trop de massacres, trop d'abandons.

Un souvenir s'imposa. Le souffle de Liénard. Après l'avoir mené au pied des montagnes de Tar, le bon gros géant l'avait sauvé en soufflant sur son visage. Jacob adressa une prière secrète à Tar afin qu'il ait pitié de la minuscule princesse dans sa main, puis il souffla très doucement sur le visage de Myrli. Son haleine chaude fit trembler quelques mèches dorées. Rien d'autre ne remua.

Jacob recommença. Encore et encore. Jusqu'à ce qu'un semblant de respiration soulève faiblement la poitrine délicate et que deux paupières révèlent des billes bleu-vert où la vie n'avait pas fini de scintiller.

Jacob attendit, le corps tellement tendu qu'il lui sembla que ses muscles allaient éclater.

— Je… te… re… mercie, murmura péniblement Myrli.

— Ne meurs pas, je t'en supplie, implora Jacob.

En prononçant ces mots, il prit conscience de l'extrême importance de sa requête. Il fallait que Myrli survive. Les princesses devaient survivre aux sorciers. Sinon, tout était perdu.

Un son rauque s'échappa de la bouche de Jacob.

— Promets-moi, insista-t-il.

— Promis… souffla Myrli. Tu dois… continuer…

Elle avait raison. Il devait trouver en lui le courage de partir. Chercher le sentier menant au royaume de glace et s'y engager avant que Zarcofo ne lui barre la route. Il devait partir… mais pas tout de suite. Son œil magique le pressait d'attendre un peu. Un événement se préparait…

Dans sa paume grande ouverte, la petite elfe ne pesait rien, mais des forces magiques bouillonnaient en elle. Myrli inspirait puis expirait, très lentement, avec application. Jacob se laissa hypnotiser par ce mouvement qui lui sembla incantatoire. Il n'aurait pu dire combien de temps il resta ainsi à contempler la princesse des elfes, mais il remarqua soudain que le sang avait séché sur sa poitrine et que sa plaie s'était refermée. Jacob comprit que la lente respiration de la petite elfe était une prière. À Tar ou aux fées, ou aux deux à la fois. Et cette prière avait été entendue.

Le corps de la princesse des elfes se réparait comme par enchantement. Myrli allait survivre au châtiment de Zarcofo. Tout était encore possible. Jacob déposa l'elfe sur un lit de mousse au pied du mangolier, puis il courut jusqu'à l'orée de la forêt des elfes.

LE REFUS DU SORCIER

Fakar fulminait. Gork s'était présenté à lui en se disant émissaire du sorcier. Confronté à l'incrédulité de son interlocuteur, le géant avait exhibé une amulette à l'effigie de Zarcofo. Le fougre était devenu livide. Zarcofo avait déjà agité un de ces précieux objets sous son nez en lui donnant à espérer qu'un jour il en tiendrait un. Or, malgré sa fidélité indéfectible, malgré tous les services abrutissants qu'il avait rendus et toutes les tâches odieuses qu'il avait accomplies, il n'avait pas revu l'ombre d'un de ces trésors. Et voilà que Gork le narguait avec une amulette, preuve indéniable de la confiance que lui vouait le sorcier.

— Zarcofo t'ordonne de mener tous les petits peuples que tu peux rassembler là où la vallée de pierres avoisine la forêt des elfes. C'est dans ce lieu qu'il leur tendra une embuscade, annonça Gork sur un ton de commandant.

Fakar apprit ainsi que le sorcier ne tenait plus compte de la stratégie dont ils avaient discuté. Zarcofo ne l'avait pas consulté et il ne s'était pas donné la peine de le convoquer, préférant confier cette tâche à un émissaire. Gork ! Comment cette brute grotesque avait-elle réussi en si peu de temps à gagner davantage la confiance du sorcier que lui-même en toute une vie? Et pourquoi fallait-il soudainement agir aussi vite? Zarcofo souhaitait-il installer un climat de panique au lieu de laisser croire aux petits peuples qu'ils avaient encore des chances d'en sortir vivants?

— Le sorcier doit m'accorder un don d'invisibilité, réclama Fakar.

En s'entendant formuler la requête, il songea que Zarcofo aurait dû lui offrir cette protection magique sans qu'il ait à la réclamer. N'était-il pas prisonnier d'un misérable déguisement de pouc dont seul le sorcier pouvait le libérer? Il devait pouvoir disparaître au moment opportun. Sinon, les attaquants allaient fondre sur lui en même temps que sur les poucs, les lutins, les farfadets et tous ceux qu'il arriverait à rassembler.

Gork refusa d'acheminer sa demande.

— Zarcofo ne peut distribuer de faveurs magiques en ce moment crucial, expliqua-t-il froidement. Il doit préserver toutes ses forces pour combattre. Le sorcier souhaite que tu obéisses sur-le-champ.

Fakar dut détourner ses prunelles jaunes de crainte que le géant ne lise à travers lui. Une rage dévastatrice venait de l'attaquer telle une nuée d'insectes sur un corps putrescent. Au lieu de lui brouiller l'esprit, sa fureur décuplait son énergie et accentuait sa lucidité. Il ne s'était jamais senti aussi parfaitement en possession de tous ses moyens.

— Notre grand maître espère que tu ne le décevras pas, ajouta Gork en crachant un long jet de jus noir.

Fakar planta son regard dans celui du géant.

— Le sorcier peut compter sur moi. Comme toujours, déclara-t-il sans sourciller, sur un ton très convaincant.

— Je… j'aurais très certainement vraiment besoin de réfléchir davantage, balbutia Niki.

— Ne vois-tu pas que je risque ma vie en t'informant ? fit valoir Fakar. Zarcofo compte vous attaquer à l'orée de la vallée de pierres, là où on aperçoit au loin la forêt des elfes. Il trouvera un moyen de vous y attirer. La forêt des elfes constitue votre meilleur refuge. Vous devez vous y rendre sans délai. J'ai déjà alerté les roufs, les lutins et les farfadets. Ils sont en route. Il me reste à convaincre les nains puis à courir avertir les elfes de votre arrivée et du danger qui les guette avant que Zarcofo n'ait vent de mes agissements.

— Mais… j'ai une totale terrible trouille… Je ne suis qu'un tout petit gnome… Je ne sais pas me défendouiller du tout.

— Tu dois guider ton peuple comme Élior, Lilipuy, Bartok et les autres le font, répliqua Fakar d'un ton ferme. Lance un cri de ralliement. Mets-y de l'urgence. Tu sais très bien que le cri des gnomes, comme celui des autres petits peuples, échappe aux sorciers et à leurs armées. Seuls les tiens l'entendront. Courez vers la forêt en évitant la vallée des pierres debout. C'est votre seule chance de salut.

Le gnome faisait pitié à voir. Il aurait voulu se réfugier sous un abri-pluie ou dans un cache-fesses et dormir jusqu'à ce qu'on vienne l'avertir que le danger était passé, qu'il pouvait recommencer à jouer, manger et rire sans se préoccuper de Zarcofo et de ses armées. Pourquoi le sort avait-il voulu qu'il pige la bille noire, celle qui désigne le gnome chargé d'accomplir une tâche dont aucun gnome ne souhaite s'acquitter?

Niki poussa un soupir à faire frémir les pierres avant de déclarer:

— Je m'incline tristouillement devant tes paroles, Fakar. Une tâche sans joie m'attend donc et je ne peux m'en éclipser. Les gnomes savent qu'il faut parfois renoncer à l'amusement pour s'occuper de protéger notre si précieux bonheur d'exister.

Fakar ne réagit point. Il devait éviter d'être démasqué. Nul ne devait connaître son plan neuf. Nul ne devait percer ses espoirs secrets. Il garda donc les yeux rivés sur le gnome jusqu'à ce qu'il ne soit plus qu'un petit point au loin. Alors seulement, il émit un aboiement sinistre.

L'ULTIME ÉPREUVE

Jacob se retourna. Derrière lui, les cimes des mangoliers bordaient le ciel morne d'une fine dentelle sombre. Droit devant, les hautes tours de la vallée de pierres semblaient animées d'une vie propre. Si seulement un de ces géants de roc pouvait lui indiquer où se cachait le sentier menant au château de la reine. Jacob plongea une main dans sa poche pour en retirer la montre-boussole.

L'aiguille affolée oscillait entre le nord et l'ouest, entre le château de la reine et un autre lieu, quelque part dans la vallée de pierres. Pourquoi? Jacob n'eut pas le loisir d'imaginer une réponse. L'aiguille disparut pendant qu'une image s'imprimait. Jacob eut encore une fois l'impression de plonger dans un tableau.

Des centaines de fougres étaient dissimulés derrière les hautes tours de la vallée des pierres debout. Ils attendaient. Qui? Quoi? Jacob reconnut le vacarme de son cœur frappant durement contre sa poitrine. Puis l'écho des mêmes battements à ses tempes. Un sombre pressentiment le fit frémir. Il eut aussitôt envie de piétiner la montre souvenir. Écraser la vitre, briser l'image. Quand donc se tarirait la source d'horreur?

Lorsque la scène lui apparut plus clairement, il reconnut le chef des nains qu'il avait croisé en route vers la forêt des krounis. Bartok avançait en éclaireur. Une bonne distance le séparait des autres nains marchant derrière lui d'un pas synchronisé, leurs grosses bottes martelant fermement le sol.

Plusieurs fougres se déplacèrent furtivement pour mieux épier la progression des nains. Ils attendaient, prêts à attaquer. Collée à leur dos, la lame des coutelas arrachait des éclats de lumière au soleil de jour.

Jacob fourra la montre dans sa poche. Guidé par son œil magique, il s'élança vers ce lieu où la guerre allait éclater. Il courut comme jamais dans sa vie, animé par une fureur si grande qu'il lui semblait impossible d'arriver trop tard.

Peu à peu, il parvint à distinguer des sons. Il mit un moment avant de reconnaître le refrain des nains, scandé d'une voix nasillarde. Les petits hommes ne savaient-ils pas qu'ils se dirigeaient droit vers un guet-apens?

Jacob accéléra jusqu'à ce qu'une crampe lui déchire le ventre. Il poursuivit sa course malgré tout, le cœur dans la gorge, sans faillir, sans faiblir, zigzaguant parmi les pierres, guidé par le refrain des nains.

Il aperçut d'abord les fougres. Ils étaient partout, dissimulés derrière les tours de pierre, exactement comme il avait vu sur l'écran de la montre-boussole. Les lames des coutelas brillaient contre leur vilaine peau grise et leurs membres disgracieux semblaient tendus comme un ressort.

Jacob s'approcha en prenant soin de ne pas être entendu. Les fougres regardaient droit devant, ils ne l'avaient pas encore repéré. Un fougre éleva son arme, prêt à l'abattre sur une première victime.

Bartok apparut. Son visage rougeaud devint blanc comme neige lorsqu'il vit le fougre fondre sur lui. Jacob se rua sur l'attaquant et le fit rouler sur le sol. Le fougre lâcha le manche du coutelas. Trop tard... Bartok gisait inanimé, les yeux révulsés, les lèvres ouvertes sur un cri qui ne retentirait jamais.

Les prunelles jaunes du fougre se vissèrent dans le regard charbonneux de Jacob. C'était une pure ruse, une manière d'empêcher le jeune humain de regarder ailleurs. Jacob le comprit. Lorsque le fougre allongea un bras pour reprendre le coutelas planté dans la poitrine de Bartok, Jacob fut plus rapide. Il agrippa fermement l'arme.

Sa main faillit glisser sur le manche lorsqu'il sentit les crocs du fougre se planter dans sa cuisse, mais il tint bon et arracha l'arme. Consterné par l'acharnement de Jacob, le guerrier de Zarcofo prit peur. Jacob en profita pour le maîtriser, enfonçant ses genoux dans le ventre mou du fougre, une main plaquée sur son cou trop long, l'autre élevée, l'arme accrochée au poing.

Les yeux du fougre roulaient en tous sens et des chuintements sordides fusaient de sa gorge. Son haleine fétide et l'odeur âcre de sa sueur écœurèrent Jacob. Il n'avait jamais éprouvé un tel sentiment de dégoût et de haine. Il avait hâte de planter la lame tranchante du coutelas dans la chair flétrie du fougre, hâte de voir gicler ce sang qu'il devinait noir, hâte d'entendre le cri d'agonisant fuser parmi les pierres debout.

L'abominable créature avait martyrisé des elfes avant de mettre à mort le chef des nains. Combien d'autres supplices avait-elle perpétrés? Il devait empêcher ce monstre de continuer le carnage. Le tuer. Non seulement par devoir, mais aussi parce qu'il en avait fortement envie.

Jacob évita de croiser les prunelles trop brillantes. Il devinait, d'instinct, les pouvoirs maléfiques du fougre. Il devait l'abattre. Tout de suite.

Ses doigts se resserrèrent autour du manche du coutelas. Les pulsions qui le gouvernaient pulvérisaient toute autre énergie. Elles semblaient sourdre d'un lieu inconnu, rarement sinon jamais fréquenté. Jacob se sentait puissant. Mais lourd. Écrasé par cette énergie qui le dévorait. Il éleva l'arme un peu plus haut afin d'avoir suffisamment d'élan pour transpercer la chair. Stupéfié par la fureur de son adversaire, le fougre n'opposa aucune résistance.

L'arme descendit à toute vitesse mais s'arrêta juste avant de fendre la peau du fougre. La main de Jacob se mit à trembler. Un combat de titan faisait rage en lui. Son ardent désir de massacrer le fougre s'opposait soudain à un sentiment d'alerte inexplicable. Des voix endormies s'éveillaient au creux de sa conscience, l'avertissant d'un grave danger.

Jacob les laissa monter, attentif à ce rappel d'une part de lui-même plus lumineuse que celle qui le gouvernait à présent. Il lutta pour disperser les nappes d'ombre qui menaçaient de l'engloutir, conscient que des forces étrangères l'avaient investi et bataillaient ferme pour prendre le contrôle de sa volonté. Jacob résista jusqu'à ce qu'il ait l'impression d'émerger d'un cauchemar.

Un chant unique inondait maintenant la vallée. Les pierres elles-mêmes semblaient remuées par ces sons. Pendant un bref moment, Jacob fut transporté dans le cratère des géants où la voix de Rosie avait le pouvoir d'allumer, de pétrifier, de calmer et de consoler. Il la revit, debout devant l'assemblée des siens, réaffirmant sa foi en la morale des fées qui dicte aux géants de ne jamais user de violence, même s'ils pouvaient, de leurs seules mains, broyer la plupart de leurs attaquants. «Je crois et je croirai toujours en cette difficile paix que défendent courageusement les fées», avait affirmé Rosie en promenant son unique œil bleu sur les géants excités par les récits cruels de Gork.

Une certitude fulgurante s'imposa à l'Élu : il venait de frôler un gouffre. Il avait failli tout perdre en succombant à la haine. Le coutelas glissa de sa main et tomba sur le sol. Le fougre s'en empara aussitôt et visa la poitrine de Jacob.

L'arme fendit l'air et se planta dans le sol en répandant une gerbe de poussière de sable.

L'Élu avait disparu.

PREMIER ÉVEIL

— Code 3 ! cria l'infirmier.

Il n'osait pas quitter la chambre. Il n'osait pas détourner son regard. Il osait à peine y croire.

La jeune fille avait légèrement battu des paupières. Puis, elle avait ouvert les yeux. Pendant une fraction de seconde, le vieil infirmier avait admiré son regard vert pailleté d'or. Un son s'était échappé de ses lèvres. Il s'était approché pour mieux entendre. Elle avait prononcé un mot. Un nom.

— Jacob…

Ce frêle filet de voix l'avait ému. Il y avait tant de douceur, tant de tendresse dans ces deux syllabes qu'il s'était surpris à souhaiter être ce Jacob et avait mis quelques secondes avant de lancer le code.

La mystérieuse patiente qu'il veillait de minuit à huit heures du matin n'avait pas seulement bougé : elle avait parlé. C'était extraordinaire ! Les consignes qu'il avait reçues du directeur adjoint de l'Institut étaient claires : garder l'œil ouvert et donner l'alerte au moindre mouvement. Son supérieur n'avait même pas évoqué la possibilité que la patiente puisse parler et il avait laissé entendre que leur espoir de la voir remuer était mince.

À force de contempler le visage trop pâle aux traits si exquis, la longue chevelure répandue sur les draps, les bras menus, les doigts fins, Émile Robichaud avait développé une réelle affection pour cette jeune patiente. Il aurait pu être son père ou son grand-père. Il n'avait pas de prétention amoureuse, mais il s'était mis à espérer qu'elle ouvre les yeux devant lui. Et voilà qu'elle avait parlé !

Des bruits de pas l'arrachèrent à sa réflexion. Deux hommes et une femme déboulèrent dans la chambre. La femme se jeta sur la patiente pour noter ses signes vitaux pendant que les hommes plaquaient leurs grosses mains sur son front, ses joues, son cou puis relevaient ses paupières avec l'espoir de surprendre un sursaut de vie dans le regard de la jeune patiente qui était retournée dans la forêt de ses songes.

Pendant un moment, le vieil infirmier regretta d'avoir lancé le code. Ces gens ne semblaient pas comprendre ce qui pourtant sautait aux yeux : cette jeune fille étendue sur ce lit d'hôpital était un être d'exception. Une grâce certaine émanait d'elle, alors même qu'elle était endormie. Il fallait l'approcher avec délicatesse et déférence.

— Le pouls est légèrement plus élevé, annonça la femme pendant qu'Émile Robichaud relevait le nom gravé sur la plaquette noire épinglée à son sarrau : Dr Johanne Gagnon. Quarante-deux battements minute. La température du corps a grimpé d'un demi-degré.

— Ce n'est guère concluant, fit valoir le plus jeune des deux hommes.

L'autre émit un petit bruit méprisant. Il avait des airs de grand patron, sûr de lui, habitué à commander. Froid et suffisant, ajouta mentalement Émile Robichaud qui, au cours de ses longues années de pratique comme infirmier, avait frayé avec toutes sortes d'individus.

— Si nous avions devant nous une patiente normale, j'abonderais dans ce sens, déclara froidement l'homme à la tête de patron. Mais nous sommes devant un mystère de la nature. Cette patiente n'a pas remué depuis plus d'un an et ses signes vitaux sont stables depuis une éternité. Sans compter que sa formule sanguine…

Il s'arrêta. La présence de l'infirmier et du Dr Gagnon l'incitait à plus de discrétion. Il se tourna vers l'infirmier.

— Décrivez-nous le mouvement du corps, ordonna-t-il sèchement.

Émile Robichaud hésita. Sa conduite avait été irréprochable au cours de ses trente-sept années de dévouement en milieu hospitalier et voilà que soudain, il avait envie de mentir. Dire à cet homme dur, investi d'autorité, que la jeune patiente avait tout juste remué le petit doigt. Un point, c'est tout.

— Elle a ouvert les yeux, répondit-il. À peine… J'ai quand même pu voir qu'ils étaient verts.

Et magnifiques, ajouta-t-il mentalement pendant que les deux hommes échangeaient rapidement un regard rempli d'excitation contenue.

— Puis elle a parlé, continua l'infirmier.

— QUOI ?!

Émile Robichaud eut du mal à distinguer si l'homme était déçu ou ravi. Chose certaine, il semblait prêt à le mordre parce qu'il n'avait pas parlé plus tôt. Son jeune collègue prit la relève.

— A-t-elle gémi ? Crié ? Ou simplement marmonné ?

— Elle a prononcé un mot.

Quelque chose dans le regard de l'aîné des hommes glaça le sang d'Émile Robichaud. Il aurait voulu renier ce qu'il venait d'affirmer, leur faire croire qu'il avait tout inventé, que la jeune patiente n'avait jamais même frémi.

Ils attendaient. Ils voulaient savoir. Quel était ce mot ?

— Elle a murmuré un nom…

Ils attendaient toujours.

— … Jacob.

Émile Robichaud ne perdit rien de la réaction des deux hommes. Le plus jeune haussa les épaules, comme si cette réponse originale l'amusait. L'autre serra les mâchoires et un éclair mauvais traversa son regard. Il savait quelque chose que son collègue ne savait pas. Il connaissait ce Jacob.

Un silence pesant s'installa. L'infirmier constata que le Dr Gagnon avait quitté la chambre. Le sort de la jeune patiente n'était donc pas entre ses mains mais entre celles de l'homme qui n'inspirait aucune confiance à l'infirmier.

— Vous pouvez disposer, décréta ce dernier. Une équipe habilitée à intervenir dans l'éventualité d'une reprise de conscience de la patiente prendra la relève pour les prochaines heures. Merci de nous avoir alertés aussi promptement, ajouta-t-il comme s'il devinait l'importance d'amadouer l'infirmier.

Émile Robichaud quitta la chambre sans rien ajouter après avoir jeté un dernier regard à la jeune patiente toujours immobile. Il venait de prendre une décision impulsive et irrationnelle, ce qui n'était guère dans ses habitudes. Qu'il fût affecté ou non à cette mystérieuse patiente, il allait la protéger.

De quoi? Il n'en savait rien. Il était pourtant persuadé qu'elle était en danger.

LA BATAILLE

Les nains avançaient d'un pas militaire, en formation serrée, deux de front, un bras de longueur entre eux, devant comme derrière, en scandant un refrain. «Hi! Ha! Hi! Ha! Ho!» Ils comptaient deux temps avant de reprendre – «Hi! Ha! Hi! Ha! Ho!» –, braves petits soldats synchronisés, leurs bottes frappant toujours le sol au même rythme.

Rien ne semblait pouvoir altérer leur progression. Les fougres surgissaient derrière les pierres debout, un coutelas au poing, excités, affamés, l'œil allumé d'un plaisir cruel. Le nain visé brandissait son arme de fortune, le plus souvent un bâton au bout duquel un gros caillou était attaché à une chaîne. Peu de fougres furent touchés par ces assauts désespérés.

Les nains avaient appris la discipline, mais comme tous les petits peuples, ils étaient peu doués pour le combat. La peur accentuait la raideur de leur pas comme la fixité de leur regard et des notes de désarroi perçaient dans leur refrain. Malgré tout, ils avançaient sans faiblir alors même qu'ils auraient dû se disperser en catastrophe pour sauver leur peau. Ils tombaient un à un, résolus à mourir dignement, sans laisser paraître leur affolement.

— Arrêtez! Vous allez tous être tués! hurla Jacob, épouvanté par ce spectacle.

Les nains ne bronchèrent pas. Jacob répéta son appel. Le sort qui le rendait invisible l'empêchait toutefois d'être entendu. Pendant que les fougres poursuivaient leur carnage, il fut assailli par des visions apocalyptiques. En un éclair, il comprit: ce n'était pas une simple bataille, la guerre avait bel et bien éclaté.

Pour la première fois depuis son arrivée au royaume caché, Jacob vit, sans même avoir recours à sa montre magique, comme si ces scènes se déroulaient sous ses yeux, des centaines de roufs jonchant le sol tristement aride de la taïra. Ailleurs, les cadavres des lutins s'amoncelaient, tristes corps désarticulés, les os broyés par des agresseurs déchaînés. À l'ombre des montagnes de Tar, les farfadets hurlaient de terreur pendant que des orques refermaient leur large mâchoire sur eux. Plus loin encore, les gnomes étaient livrés à leurs tortionnaires, une armée de grichepoux amusés par les lamentations de leurs victimes. Dans la forêt des elfes, les minuscules survivants dissimulés sous les racines ou dans les feuillages se demandaient s'ils devaient se réjouir d'avoir échappé au massacre tant leur désolation était grande.

Jacob inspira profondément. Tous les muscles de son corps étaient bandés, prêts à se déployer. Malgré tout, il n'avait pas envie de contre-attaquer. Non seulement parce que c'était folie d'espérer vaincre les troupes de Zarcofo, mais surtout parce que la survie des puissances enchantées ne pouvait passer par des manifestations sauvages. Il fallait que les nains, les lutins, les gnomes, les roufs et les farfadets suivent l'exemple des elfes survivants et se terrent. Au lieu de participer à la folie destructrice, ils devaient réaffirmer leur foi en les vertus de l'enchantement et leur respect indéfectible pour tout ce qui bouge, grandit et bat.

Jacob comprit que des petits peuples risquaient de disparaître à jamais et il prit mieux conscience de la gravité de l'erreur qu'il avait failli commettre en voulant tuer un fougre. En cédant à la violence, il aurait perdu ses pouvoirs enchantés si difficilement acquis. L'Élu serait redevenu un simple adolescent impuissant à accomplir la quête dont l'avaient chargé les fées. Il avait failli tout ruiner.

— Tu as raison, Jacob, murmura une voix.

Jacob se retourna et émit un cri de ravissement que nul n'entendit. Une fée se tenait devant lui. Elle était belle comme le jour et la nuit confondus.

— Je suis Filavie, fée des forêts et cousine de Youriana. C'est moi qui t'ai accordé le don d'invisibilité, mais pour un court moment seulement. Ta participation au combat ne doit pas être armée, ami Jacob, tu le sais désormais. La vraie bataille est ailleurs. Notre reine Lauriane a choisi Rosie pour mener les peuples féeriques en lieu sûr. Avant, il fallait que tu réussisses l'exploit de résister à la vengeance et de refuser la barbarie, quelle que soit la noblesse de ta cause.

« Rosie t'a aidé avec son chant et tu as su y prêter oreille. Tu n'as pas encore atteint le bout de ta route, Jacob, mais tu as acquis tout ce dont tu as besoin pour réussir. Sauve-toi, maintenant. Hâte-toi avant qu'il ne soit trop tard. Que l'esprit de Tar t'accompagne… »

La jeune fée leva un bras en désignant une direction à suivre. Jacob fixa ce lieu vague de ciel pâle et de terre séchée. Elle le pressait de poursuivre sa route vers le nord en traversant la taïra par-delà les dernières pierres debout. Jacob contempla le paysage devant lui avant de se retourner vers l'extraordinaire créature. Non seulement la jeune fée avait-elle disparu, mais des fougres fonçaient vers lui. Le charme n'opérait plus. Il était redevenu visible.

— Te sens-tu prête ? demanda Maïra.

Rosie prit le temps de peser les paroles de l'aînée des roufs. Maïra lui demandait de guider les petits peuples vers la faille secrète. En y pénétrant, ils atteindraient la rivière cachée. La guerre des puissances avait déjà fait trop de victimes. Il fallait mener les survivants en lieu sûr.

— Je sens en moi tout le courage du monde, répondit Rosie. Merci aux fées de me faire confiance et merci à vous, Maïra, de les appuyer. Je tenterai d'être à la hauteur de vos espérances.

— Approche-toi, belle Rosie, murmura Maïra.

La fillette géante avança jusqu'à ce que son visage frôle la branche basse du mangolier où Maïra s'était installée pour discuter avec elle. L'aînée des roufs posa ses mains, qui soudain parurent minuscules, sur le front de Rosie. Puis, tout doucement, elle y pressa ses lèvres. Maïra sentit la fille de Liénard tressaillir de bonheur sous cette caresse et se réjouit que les fées l'aient choisie.

Dès que la rouf l'eut quittée, Rosie entonna un chant unique, inondant le royaume d'une mélodie rassembleuse. Dans la forêt, tout près, les derniers elfes recroquevillés et tremblants osèrent enfin remuer. Myrli fut la première à oser se manifester, émergeant d'un petit creux à la naissance d'une branche. Elle secoua ses boucles dorées, battit précautionneusement des ailes et attendit que les autres elfes la rejoignent. Les fées réclamaient leur présence auprès des autres petits êtres enchantés. S'ils parvenaient à rester unis, tout n'était peut-être pas perdu.

VISIONS DE REINE

Nielsia redoutait le pire. Elle restait immobile, attentive au moindre remuement de celle qu'elle veillait. La jeune fée ne savait pas si la souveraine s'était volontairement offerte à sa vue ou si elle avait perdu le pouvoir de se retrancher dans l'invisibilité.

Lauriane était soudainement apparue, fragile et émouvante, sur le lit semé de fleurs de jiade. Elle avait tenté d'adresser des paroles à Nielsia, mais les mots n'avaient pu franchir ses lèvres. Puis ses paupières s'étaient refermées et depuis, elle ne les avait pas rouvertes.

Nielsia avait éprouvé un vif plaisir lorsque deux elfes de l'entourage de la reine étaient venus lui annoncer que la reine fée la réclamait à son chevet en remplacement de Filavie. Depuis, elle n'était pas sûre de mériter ce privilège. Malgré sa grande faiblesse et la souffrance qu'elle dissimulait, Lauriane envahissait cette vaste pièce du château aux murs couleur de neige d'une présence si lumineuse que Nielsia, émue, se sentait dépassée.

Pendant que la jeune fée se livrait à ces réflexions, la reine ouvrit les yeux et esquissa un sourire. Nielsia hésita un moment, troublée. Du regard, Lauriane l'encouragea à s'approcher.

— J'ai failli vous quitter, murmura la fée souveraine. Heureusement, le jeune humain a su faire sienne la loi des géants.

Ses mains remuèrent et ses doigts s'agitèrent telles des ailes d'oiseaux avant de retomber doucement sur le lit. Nielsia attendit, le cœur battant. Lauriane s'exprimait à voix basse. Malgré sa faiblesse évidente, elle ne semblait pas éprouver de douleur et paraissait sereine.

— Zarcofo fulmine, poursuivit-elle. Si l'Élu avait tué un fougre, nos dernières réserves d'enchantement auraient fondu. Le sorcier ne croyait pas le jeune humain capable de résister. Zarcofo a tout fait pour attiser la rage de l'Élu, persuadé qu'il céderait à ses pulsions. Mais les puissances merveilleuses ont triomphé…

Une flambée de joie éclaira le visage de Lauriane. Elle savoura cette victoire jusqu'à ce qu'une brusque inquiétude brouille ses traits. Son corps se raidit et elle se mit à respirer difficilement comme si elle avait été la proie de mystérieuses souffrances.

— Ferme les yeux, Nielsia, et viens voir ce que je vois.

Lauriane posa une main sur l'avant-bras de la jeune fée et laissa la magie opérer. Elles furent transportées dans l'antre de Zarcofo, au nord de la forêt des krounis. Le sorcier se tenait debout devant plusieurs généraux d'armée, fougres, grichepoux, filifous, bigueleux et harpies, prêts à recevoir ses ordres. Zarcofo était agité. Ses yeux jaunes, étincelants de cruauté, roulaient en tous sens sans jamais se poser sur rien. De sa langue de reptile, effroyablement longue et pointue, il léchait avidement ses lèvres minces en poussant des mugissements, si lugubres que ses généraux tressaillaient chaque fois qu'un son s'échappait de sa gorge.

Zarcofo fit claquer un large pan de sa longue chasuble noire, luisante comme une aile de corbeau, et avança jusqu'au filifou le plus près. Le silence s'appesantit. Tous les généraux attendaient, épouvantés par ce qu'ils imaginaient à venir.

Le sorcier prit la tête du filifou entre ses mains aux longs doigts tordus. La créature épouvantée se tortilla tandis que le sorcier resserrait l'étau. Zarcofo s'amusa un moment de la scène avant de projeter sa victime contre le sol où il maintint sa prise. Il émit un ricanement effroyable puis ramena la tête du filifou vers lui et la frappa durement contre le sol. Tous entendirent le bruit sourd des os du crâne éclatant sous le choc. Le son sembla exciter le sorcier. Il fracassa tant de fois la tête du filifou qu'à la fin ce qui en restait n'était que bouillie de chair et d'os.

Nielsia tremblait de la tête aux pieds, les épaules secouées par des spasmes violents.

— Rappelle-toi toujours ce que tu viens de voir, dit Lauriane dans un filet de voix. Les fées portent le poids du royaume, horreur et enchantement confondus. Je t'ai introduite dans l'antre du sorcier afin que tu puisses témoigner auprès des petits peuples si cela devenait nécessaire. Il faut qu'ils sachent combien ce que nous combattons est sordide et terrifiant.

Lauriane se tut. Son regard d'eau courut sur les murs blancs, en quête d'un refuge. Un sanglot creva le silence. La reine fée se mordit la lèvre dans un effort pour se ressaisir.

— Zarcofo est déchaîné, dit-elle encore. Au moment même où je te parle, le géant Gork ordonne aux fougres de rassembler les cadavres des petits peuples pour y mettre le feu. Les survivants y verront un grave affront. L'Élu ne pourra jamais cheminer assez vite pour éviter le massacre…

Laurianne entra en transe. Son corps était parcouru de soubresauts, elle aspirait vainement l'air sans réussir à emplir ses poumons et sa tête s'agitait en tous sens. Des mots inintelligibles franchirent ses lèvres, puis de lourdes larmes roulèrent sur ses joues avant qu'elle ne s'évanouisse.

LA RÉPLIQUE DE TAR

L'aînée des roufs pivota sur ses talons, interrogeant le territoire dans l'espoir de saisir d'où venait cette odeur écœurante, portée par un vent entêté. Droit devant, la taïra ondulait en courbes légères laissant deviner, au loin, le désert de glace qui servait d'écrin au château de la reine fée. Derrière, les hautes tours de roc s'érigeaient en sentinelles. Les émanations fétides venaient de cette vallée de pierres.

Maïra devina que Zarcofo venait de frapper et elle mit peu de temps à comprendre l'origine des vapeurs nauséabondes. Le sorcier avait eu recours à son arme préférée : le feu. Il refusait donc aux petits peuples vivant en si belle harmonie avec les éléments de nourrir le sol qu'ils avaient tant aimé. Il profanait leur mémoire en les empêchant de participer au grand cycle de la création. Au lieu de cela, les corps massacrés brûlaient, noircissant le ciel de fumée. Zarcofo était tellement déchaîné que tuer ne lui suffisait plus.

Maïra adressa silencieusement une prière à Tar, le pressant d'aider les survivants à fuir et à se terrer. Sinon Zarcofo allait les exterminer. Dès le début de l'affrontement, les fées s'étaient évertuées à convaincre les petits peuples de battre en retraite au lieu de participer au carnage. Certains les avaient entendues. Des nains, des roufs et des gnomes avaient puisé dans leurs réserves d'hydransie, déployant momentanément des forces surnaturelles. Les farfadets avaient usé de charmes divers et les lutins de ruses. Poussés par des sortilèges, plusieurs fougres s'étaient égarés parmi les pierres debout et jusque dans les montagnes de Tar. D'autres avaient longuement couru derrière des ombres ou s'étaient laissé guider par des bruits imaginaires. Malgré tout, les fougres et leurs acolytes avaient fait des ravages. Les pertes étaient désastreuses.

Maïra sentit des nausées l'étourdir. L'odeur de mort devenait insoutenable. Comment Tar pouvait-il autoriser tant de barbarie ? À peine l'aînée des roufs eut-elle formulé cette question que le sol sous ses pieds se mit à trembler. Une secousse violente ébranla le territoire autour d'elle. L'aînée des roufs eut l'impression d'être debout sur le dos d'une créature émergeant d'un long repos. La bête remuait lentement, s'ébrouait, puis…

Le sol se lézarda. De longues fissures éclatèrent, courant en tous sens depuis la vallée de pierres jusqu'à la taïra. Les hautes tours frémirent puis tanguèrent dangereusement. Après, plus rien. Un silence de fin du monde tomba sur le royaume caché.

Maïra leva les yeux vers le soleil de jour. Tous les récits du royaume s'accordaient pour rapporter que les colères de Tar crevaient le ciel, inondant les territoires avec des pluies diluviennes. Maïra attendit que des éclairs fracassent l'horizon, mais rien ne vint troubler le ciel.

Soudain, un vacarme épouvantable ébranla tout le royaume. Le foyer de colère était au cœur de la vallée des pierres debout. C'est là que Tar avait décidé de frapper. Le créateur réaffirmait son autorité, rappelant aux forces en présence combien l'équilibre des puissances était sacré. Un cataclysme était imminent.

Jacob entendit les sifflements du fougre derrière lui. Un fort instinct de survie le galvanisa, libérant des trésors d'énergie enfouie. Malgré sa douleur à la cuisse, il parvint à accélérer sa course suffisamment pour échapper à son poursuivant. Mais pour combien de temps? Dès que le fougre avalerait le peu de distance entre eux, il lui labourerait le dos à grands coups de griffes.

Jacob sentit le sol bouger sous ses pieds. Presque aussitôt, des craquements funestes déchirèrent la vallée, suivis d'une détonation épouvantable. Il dut déployer des efforts titanesques pour ne pas regarder derrière lui, pour faire taire la peur, repousser les réflexions et continuer de courir même si le royaume entier semblait s'écrouler. Lorsqu'il s'arrêta enfin et se retourna, espérant que les fougres n'étaient plus à ses trousses, Jacob fut témoin d'un spectacle hallucinant.

Les hautes tours de pierre étaient vivantes! Elles avaient extirpé du sol leurs racines secrètes et s'étaient mises en marche. Cette armée de titans progressait à pas lents et pesants, ébranlant le sol en faisant des ravages. Des fissures filaient en tous sens, s'élargissant par endroits pour former des crevasses. Pris de panique, les fougres s'éparpillaient dans la vallée.

Jacob porta une main à son ventre. Son œil magique lui révélait le sens de ce déferlement infernal. Les géants de pierre avaient entamé une marche de protestation. Au lieu de déclencher un déluge, Tar saccageait le paysage. Et ce n'était qu'un début.

Fakar déplia son corps de pouc en poussant un ricanement sinistre. Il se réjouissait d'être bien servi par son vilain déguisement grâce auquel il passait plus facilement inaperçu. Les fougres avaient la taille d'un humain, mais les poucs n'étaient guère plus hauts qu'un lutin. Ils étaient toujours aux aguets, perpétuellement agités et étonnamment rapides, si bien que Fakar parvenait à se faufiler parmi les tours avec beaucoup moins de risques d'être repéré.

Autour de lui, les tours de pierre continuaient de s'arracher au sol et d'avancer. «Elles vont tout démolir», songea Fakar, épouvanté. Au même instant, une haute silhouette de roc s'écroula sur le sol, écrasant au passage quelques harpies. D'autres tours s'effondrèrent, fauchant les guerriers à leur pied et bientôt, une véritable tempête de roc déferla sur la vallée. De gros fragments éclataient sur le sol dur en soulevant des nuages de pierre et de poussière.

Fakar était en proie à une agitation extrême. Un doute affreux l'assaillait. Pour la première fois de son existence, il se surprenait à douter de la suprématie de Zarcofo.

Toute sa vie, il avait craint et envié le sorcier. Il avait tenté de se rendre indispensable à ses yeux en espérant être choisi pour évoluer dans son entourage immédiat. Malheureusement, Zarcofo n'avait cessé de l'éprouver, si bien que Fakar avait fini par douter de lui-même. Et à détester le sorcier.

Les derniers affronts de Zarcofo avaient incité le fougre à fomenter une vengeance. Or ce plan prenait encore plus de sens au moment où Fakar se demandait soudain si les fées et le Grand Tar qu'elles vénéraient n'étaient pas d'une essence supérieure au sorcier lui-même. Cela signifierait que Fakar avait servi le mauvais maître, le moins puissant. Et Zarcofo, qui sûrement le savait, l'avait utilisé, lui, le plus rusé, le plus impitoyable, le plus ardent de tous les fougres à son service. Il s'était fait manipuler et ses précieuses forces avaient été détournées.

Ces réflexions le rendaient fou. Il devait se sauver avant de rouler sous les pierres à son tour. Or, depuis toujours, à l'instar des autres fougres, Fakar puisait sa force dans l'énergie maléfique du sorcier. Comment pouvait-il oser se rebeller? Les gestes qu'il souhaitait poser réclamaient des trésors de puissance. Parviendrait-il à agir à l'encontre de tous les désirs de Zarcofo?

La réponse s'imposa. Oui! Absolument. Tout cela était possible. À condition de profiter de cette fureur neuve et terriblement dévastatrice qui grondait en lui. Avant de déguerpir, Fakar émit un son perçant, empli de tant de haine que ceux qui l'entendirent oublièrent momentanément la progression des géants de pierre pour s'inquiéter de ce cri effroyable.

NUIT SANS INCIDENT

Stéphane Laplante grommela quelques paroles inintelligibles avant de se lever. Il venait de passer quatre heures assis sur une chaise affreusement inconfortable au chevet de la fameuse patiente portant le bracelet numéro 0001. Pendant des mois, il avait remué mer et monde pour que cette jeune fille soit rapatriée dans « son » Institut de recherche. Sans succès. Ce vieux buté de Théodore Jobin avait réussi à garder la patiente dans un hôpital près de chez lui avec la complicité de son ami Max Larivière, directeur de l'établissement.

À l'annonce de la mort du scientifique devenu elficologue, Laplante avait profité de l'absence de Larivière pendant quelques jours pour exiger un transfert urgent et immédiat de la jeune patiente. Faux documents à l'appui, il avait allégué que les scientifiques de l'Institut venaient de mettre la main sur un donneur de sang compatible avec la patiente 0001. Une pure absurdité puisque les analyses continuaient de révéler une formule sanguine de type Z, une simple façon de dire qu'elle n'avait jamais été trouvée. Non seulement la jeune patiente était-elle porteuse d'anticorps indétectables, mais de plus il n'y avait aucune trace de globules blancs dans son sang. L'idée de trouver un donneur compatible relevait donc du miracle.

Malgré tout, la supercherie avait fonctionné. Trente-trois heures après le décès de Théodore Jobin, la mystérieuse jeune fille avait enfin été réadmise à l'Institut de recherche du Centre hospitalier de Westville, où Laplante était devenu directeur. Depuis cinq jours, elle était alitée à l'étage au-dessous des laboratoires dans une chambre spacieuse parfaitement équipée où les chercheurs de l'Institut pourraient mener leurs investigations.

Stéphane Laplante souhaitait profiter du flou juridique autour de cette patiente sans identité pour poursuivre les recherches sur le sérum découvert par Théodore Jobin. Il fallait procéder dans le plus grand secret et bien structurer l'expérimentation car les chances de tomber sur un autre cobaye dans un avenir rapproché étaient minces.

Par ailleurs, les nombreux tests menés auprès d'animaux avaient démontré que les dilutions efficaces variaient énormément d'un individu comme d'une espèce à l'autre. Or, même s'ils avaient observé quelques réactions favorables avec d'importantes multiplications cellulaires en administrant le sérum à des animaux, dans la majorité des cas, les expérimentations avaient été fatales. Il fallait absolument travailler directement sur des humains pour découvrir les modes d'activation spécifiques.

La veille, après consultation de ses deux principaux collègues, Stéphane Laplante avait autorisé une première administration de sérum. Dans les vingt-quatre heures, la patiente devait recevoir une dose importante du liquide non dilué en injection sous-cutanée. L'entreprise était risquée, bien sûr, mais les expérimentations plus prudentes menées avant que la patiente ne soit déménagée à

Sainte-Lucie n'avaient pas été concluantes. Cette fois, Laplante privilégiait une action énergique. Il fallait créer un véritable choc dans l'espoir d'obtenir des résultats clairs.

Mais voilà qu'un autre obstacle se dressait sur sa route. Une heure avant l'intervention, la jeune fille avait donné signe de vie pour la première fois en treize mois sans que rien ne puisse expliquer cette manifestation soudaine. Le Dr Gagnon et d'autres membres de l'équipe médicale avaient donc immédiatement réclamé l'annulation des procédures. Si la patiente manifestait des signes d'éveil, il fallait laisser la nature faire son œuvre, alléguaient-ils. Le directeur de l'Institut s'était dit du même avis. Il n'allait pas répéter les erreurs du passé en créant des contestataires dangereux comme Théodore Jobin à son époque. Mieux valait simplement éloigner les protestataires sans chercher à les convaincre.

— Rien de neuf à signaler, annonça Stéphane Laplante à l'infirmier venu le remplacer sur demande. Je veux être averti au moindre frémissement, compris ?

— Tout à fait, répondit Émile Robichaud en s'installant au chevet de la patiente. Je compose le numéro de votre téléavertisseur à la moindre manifestation.

Laplante s'arrêta avant de franchir le seuil de la chambre.

— Qui vous remplacera à mi-temps ? s'enquit-il.

— Personne. J'ai tout ce qu'il faut pour éviter de mourir de faim, déclara l'infirmier en tapotant le sac de papier brun sur ses genoux.

Laplante haussa les épaules puis quitta la pièce après un dernier coup d'œil à la patiente. L'empressement à servir de certains infirmiers l'étonnait toujours. Il n'arrivait pas à comprendre ce qui pouvait motiver un grand diable comme Robichaud à surveiller avec autant de dévouement – et pour un salaire ridicule en plus ! – le corps inerte d'une parfaite inconnue.

Dès qu'il entendit la porte se refermer derrière lui, Émile Robichaud respira mieux. Il avait passé les dernières heures dans son logement en compagnie de ses trois chats à se demander par quel moyen il pourrait protéger cette jeune patiente prisonnière d'un inexplicable coma. Une seule réponse s'imposait. Il devait monter la garde, être là pour la protéger, même s'il n'avait aucune idée de quoi.

La patiente avait ouvert les yeux et elle avait parlé devant lui. Cela pouvait être une simple coïncidence, mais c'était peut-être aussi un signe. À soixante-trois ans, Émile Robichaud avait accepté de quitter sa petite retraite confortable à la demande de Jean-René Jobin, un ex-voisin, chercheur à l'Institut. Tout cela parce qu'il aimait profondément son métier et qu'une petite voix en qui il avait toujours eu confiance l'avait incité à dire oui.

Sa montre indiquait vingt et une heures trente-deux. Officiellement, son quart de travail aurait dû débuter à vingt-deux heures, mais il avait offert de commencer dès son arrivée. Au cours des trois heures suivantes, Émile Robichaud garda les yeux rivés sur la jeune fille. À plusieurs reprises, il se prit à songer qu'elle avait tout d'une princesse de conte de fée. La beauté, la grâce et quelque chose de plus…

À une heure du matin, il prit le pouls de sa patiente. Quarante battements à la minute, inscrivit-il dans le dossier déposé sur la table de chevet avant de retourner à ses réflexions. À quatre heures, il prit le pouls encore une fois. Parfaitement stable.

Il ne pouvait s'empêcher d'espérer qu'elle bouge à nouveau. En trente-sept ans de métier, Émile Robichaud avait veillé des centaines de patients aux soins intensifs comme aux soins palliatifs. Il savait que dans bien des cas, les patients condamnés présentaient une amélioration de leur condition pendant une très brève période peu avant de dépérir. L'idée que cette jeune fille aux traits si doux meure ou s'enfonce dans un coma permanent lui paraissait intolérable.

À cinq heures quarante-huit, alors qu'il ne l'espérait plus, la jeune fille ouvrit les yeux. Elle explora lentement l'espace autour d'elle en bougeant légèrement la tête, croisa le regard ravi de l'infirmier et s'y attarda, examinant son visage d'une manière si intense qu'Émile Robichaud eut l'impression qu'elle le sondait jusqu'au fond de l'âme. Son regard bleu-vert se fit implorant lorsqu'elle prononça à nouveau le même mot :

— Jacob…

Elle posa les yeux sur son gardien comme s'il pouvait l'aider à retrouver cet inconnu et répéta deux fois le prénom. Ses mains glissèrent sur le drap blanc, palpant le tissu, puis elle fit un effort pour soulever sa tête en cherchant autour d'elle. Celle-ci retomba mollement sur l'oreiller et ses paupières s'abaissèrent. Une larme glissa sur sa joue trop pâle. L'infirmier s'approcha, chaviré par ce triste spectacle.

Cinq minutes plus tard, Émile Robichaud nota les signes vitaux de la patiente 0001 sans qu'elle manifeste le moindre signe de conscience. Il inscrivit soigneusement les chiffres observés dans le dossier puis, sur les lignes réservées aux commentaires, il ajouta : « La patiente a passé une nuit calme, sans incident. »

Youriana eut conscience du départ d'Émile Robichaud, remplacé par une infirmière au pas lourd et aux gestes brusques. Pendant un bref moment, elle avait imaginé le jeune humain à son chevet. Elle savait que celui pour qui elle nourrissait des sentiments jusqu'alors inconnus ne pourrait venir à elle avant d'avoir trouvé la pierre bleue. Malgré tout, en ouvrant les yeux, elle n'avait pu éviter de succomber à l'espoir qu'il soit près d'elle. Elle avait follement envie de sentir sa présence, de respirer son odeur, d'entendre battre son cœur, de plonger dans son regard de terre et de sentir sa large main se poser sur la sienne.

Jacob Jobin, l'Élu choisi par les fées. Elle n'avait cessé de penser à lui, même au plus profond de ses songes. Pendant les heures enchantées où elle avait pu le retrouver au cœur des montagnes de Tar, elle avait été saisie par des sensations neuves, totalement effarantes. Depuis, elle l'avait suivi à chaque étape de sa mission, tremblant pour lui et espérant avec lui. Elle avait hurlé de terreur, dans le silence de sa prison, en voyant les fougres fondre sur lui. Elle avait eu mal et froid et faim et soif en s'attachant à ses pas.

À mesure que lui étaient revenus des pouvoirs merveilleux extirpés au sortilège de Zarcofo, Youriana les avait dirigés vers le jeune humain. Maintes fois elle avait invoqué Tar. Elle avait aussi fait appel à Isid, son père magicien, époux de Lauriane, car depuis l'espace secret où il assistait Tar, Isid continuait de nourrir et d'inspirer la future souveraine.

À l'instar de toutes les fées, Youriana avait le pouvoir de contempler des scènes à distance, mais elle possédait aussi des dons uniques. Les fées l'avaient préparée à accompagner l'Élu, partageant sa douleur, ses doutes, son impuissance et ses rares moments de félicité. Mais à mesure qu'il progressait dans sa mission, Youriana avait senti quelque chose d'étrange et d'imprévu fleurir en elle. Elle avait souvent eu envie de s'offrir en pâture aux guerriers de Zarcofo pour le protéger, lui. Chaque fois, elle avait eu honte d'oublier sa destinée et de se laisser guider par des élans qui n'avaient rien à voir avec l'avenir des siens.

La princesse fée avait cru à un sortilège, mais Lauriane l'avait assurée que ces tremblements du cœur et de l'âme n'étaient pas orchestrés par Zarcofo. La reine fée lui avait aussi expliqué qu'à mesure que l'Élu gagnerait des forces en survivant aux épreuves et en résistant aux pièges, les puissances merveilleuses progresseraient. Du coup, les pouvoirs de Zarcofo seraient réduits et, peu à peu, elle ouvrirait les yeux.

Youriana s'était crue prête à endurer tous les sacrifices pourvu que l'Élu revienne avec la pierre bleue. Et puis soudain, toutes ses certitudes avaient été fauchées. Peu après avoir exaucé les trois vœux de l'Élu, les fées l'avaient rappelée au château de sa mère. La princesse fée avait craint de devoir faire ses adieux à la reine mourante car les fées n'auraient pas usé d'aussi précieuses réserves d'énergie pour la faire venir sans raison majeure. Or Lauriane n'avait pas convoqué sa fille pour des adieux mais pour un aveu. Dans la vaste pièce aux murs couleur de neige, la reine fée lui avait révélé un secret si terrible qu'en l'entendant, Youriana avait craint de perdre la raison. Depuis, elle naviguait dans une mer en furie, déchirée entre sa noble tâche et ses espoirs les plus fous.

L'ARCHE DE NOÉ

Jacob gardait les yeux rivés sur l'écran de sa montre-boussole. Rosie guidait un long cortège de nains, de roufs, de lutins, de gnomes, d'elfes et de farfadets parmi les tours écroulées. Autour de lui, comme dans cette scène qu'il observait, la vallée des pierres debout avait perdu toute sa majesté. Les derniers géants de roc régnaient sur un paysage dévasté. Tout n'était que désolation.

Jacob se souvint d'une légende que lui avait racontée son père. L'histoire de Noé, un vieil homme chargé de rassembler des couples de chaque espèce des animaux de la terre pour les faire monter dans son arche afin que le déluge les épargne. Jacob comprit que Rosie menait les petits peuples en lieu sûr. Bientôt, des fougres émergeraient de derrière les décombres. La peur les aplatissait encore au sol car Tar ne s'était jamais manifesté d'une aussi foudroyante manière, mais Zarcofo n'avait pas dit son dernier mot. Rosie devait guider les peuples féeriques vers un territoire à l'abri des regards et Jacob devina aussitôt où elle allait.

La fillette géante dirigeait le cortège vers cette brèche invisible à la base d'une tour. De là, ils atteindraient les cavernes de la rivière cachée. Le cœur de Jacob tambourinait dans sa poitrine pendant qu'il suivait la lente progression des petits peuples. Il savait reconnaître l'héroïsme des marcheurs. Les nains, les roufs, les lutins, les gnomes, les elfes et les farfadets ravalaient leur colère, réservant leur bravoure pour la survie de leur peuple.

Peu de hautes pierres étaient restées debout. Le passage secret existait-il toujours? Rosie avançait d'un pas sûr, s'arrêtant souvent pour attendre que les petits êtres la rattrapent. Elle fit soudain deux enjambées plus rapides, se retourna, et cette fois, au lieu d'observer ses protégés, elle fixa un point au loin. Jacob comprit que des puissances merveilleuses permettaient à la fillette géante de l'observer, lui.

Elle garda son œil bleu rivé sur son frère d'adoption. Toute la tendresse du monde brillait dans son regard. Elle esquissa un fragile sourire avant de murmurer un seul mot:

— Adieu.

Rosie reporta son attention sur le défilé, puis elle avança jusqu'à une tour à demi écroulée au pied de laquelle, l'un après l'autre, les représentants des petits peuples disparurent comme par magie. La moitié des protégés de Rosie avaient franchi cette frontière secrète lorsque la fillette géante fut alertée par un bruit. À peine eut-elle le temps de se retourner qu'une armée de harpies surgit des décombres dans un éparpillement furieux de plumes sombres. C'étaient d'immenses corbeaux à tête vaguement humaine pourvus d'un redoutable bec de vautour. Les harpies avançaient sur deux pattes en sautillant ou voletaient à ras de sol, leurs larges ailes soulevant la poussière.

Rosie ne manifesta aucun signe de surprise. Elle s'élança en direction opposée du lieu de passage en émettant de petits claquements avec sa langue, comme font les humains pour exciter un animal. Lorsqu'elle fut assurée de l'attention des harpies, la fillette géante lança une suite de sons si perçants que les grands oiseaux, hypnotisés, la suivirent. Elle continua d'avancer sans jamais regarder derrière elle.

L'image se brouilla, remplacée par une autre. Jacob vit une silhouette se détacher des petits peuples assemblés devant la faille secrète. Maïra prit les commandes en remplacement de Rosie, encourageant les derniers gnomes puis les lutins à s'engouffrer dans le passage. À la fin, il ne resta plus que des nains, fiers petits soldats déterminés à monter la garde jusqu'au bout. Maïra les pressa de disparaître au plus vite.

Puis vint le tour de l'aînée des roufs. Avant de franchir le seuil invisible, elle pivota sur elle-même. Jacob sut qu'elle s'adresserait à lui.

— Trouve le sentier, Jacob, recommanda-t-elle d'une voix ferme. Trouve le sentier, dépêche-toi, et ne le quitte plus.

Maïra disparut. L'écran redevint blanc. Jacob attendit, inquiet du sort réservé à Rosie. Il allait ranger la montre-boussole lorsqu'au dernier moment des images surgirent à nouveau. Une véritable armée de harpies poursuivait Rosie. La fillette géante avançait d'un pas sûr en regardant toujours droit devant. Jacob fut pris d'un sombre pressentiment. Il aperçut Gork presque aussitôt.

Dissimulé derrière une des dernières pierres debout, le géant épiait Rosie. Lorsqu'il émergea de sa cachette, la fillette ne broncha pas. Une douce résignation s'étalait sur son visage. Elle savait! Elle obéissait à un plan. Jacob comprit brusquement que la fille de Liénard avait accepté de servir d'appât pour faire diversion, sauvant ainsi les petits peuples de l'assaut des harpies.

Gork allait se jeter sur elle d'un instant à l'autre et il n'allait pas simplement la tuer. Rosie avait joué un trop grand rôle dans cette guerre pour que Zarcofo se contente de l'éliminer rapidement. Un frisson d'effroi courut dans le dos de Jacob.

Le géant s'avança vers Rosie, droit et fier, le regard mauvais.

— Raconte-moi une histoire! lança-t-il.

Rosie ne broncha pas.

— Allez! Vilaine cyclope! Raconte-moi une jolie histoire.

Jacob perçut le tressaillement involontaire de Rosie. La pauvre fillette était terrifiée. Malgré tout, elle ne bougea pas et parvint à rester muette. Son œil bleu restait accroché à un paysage imaginaire à mille lieues de toute cette horreur. Rosie usait de ses derniers pouvoirs pour rester digne, si bien que malgré l'armée de harpies qui s'était rangée derrière lui, Gork ne semblait guère plus puissant que la fillette géante. Une grâce mystérieuse et une véritable noblesse émanaient de Rosie.

Le géant dut le ressentir et en prendre ombrage car ses traits se crispèrent. Un horrible rictus fendit son visage. Soudain, il balança une jambe. Rosie reçut le coup en plein visage. Un craquement sinistre perça le silence. La petite géante vacilla, mais elle parvint à rester debout. Sous son crâne fracassé, l'unique œil bleu disparaissait déjà dans le sang. Gork frappa à nouveau. Et encore. La fillette resta un long moment immobile et chancelante, défiant la mort comme pour réaffirmer la force tranquille des géants. Les harpies attendirent qu'elle s'écroule sur le sol avant de se jeter sur elle, ravies de se régaler d'une proie encore vivante.

Jacob détala. Il courut droit devant sans rien voir. La colère n'avait plus de prise sur lui. Il n'éprouvait qu'une tristesse sans borne. Jamais encore ne s'était-il senti aussi solidaire de sa mission qui consistait justement à mettre un terme à ces déferlements barbares. Il avait entrepris ce voyage pour que triomphent les puissances enchantées. Il devait réussir. Trouver le sentier menant au château de la reine. Ramener la pierre bleue. Sinon, les scènes de massacre se multiplieraient à l'infini.

Il fouilla à nouveau dans sa poche et en sortit la montre-boussole magique. L'aiguille lui montrait le nord. Telle était sa route. En attendant de trouver un sentier, il devait maintenir ce cap.

Jacob avança longtemps d'un pas résolu, abandonnant peu à peu derrière lui les derniers vestiges de la vallée des pierres debout. Lorsqu'il atteignit enfin la taïra, cette terre aride chichement semée d'arbustes rabougris, il remarqua que le sol était plus pâle par endroits. Une fine couche de neige traçait un étroit chemin vers le nord. Il avait enfin trouvé le sentier !

LA REVANCHE

Hébété et impuissant, Zarcofo avait assisté au massacre de ses guerriers dans l'effondrement des tours. Il avait réussi à garder l'esprit froid, commandant à ses troupes de se disperser en attendant des ordres. Il s'en voulait de ne pas avoir échafaudé un plan de repli qui lui aurait permis de garder un meilleur contrôle sur ses troupes et d'éviter que la confiance des plus faibles soit érodée.

Qu'autant de nains, de lutins, de gnomes, de roufs, d'elfes et de farfadets aient pu fuir l'enrageait, mais cette bataille ne constituait pas le principal enjeu. Sa véritable cible, c'était l'Élu. Lui seul, désormais, pouvait l'empêcher de régner sur le royaume caché. Or Zarcofo n'arrivait plus à le repérer. Cela ne signifiait pas que le jeune humain était devenu invisible, mais bien qu'il avait acquis suffisamment de forces pour échapper à sa surveillance.

Le sorcier alluma le paquet de branches d'épilobe dans l'aire de feu de la salle principale de son antre. Il avait chassé ses serviteurs pour mieux se concentrer et profiter pleinement du moment. Dès que les premières flammes se mirent à danser, Zarcofo éprouva un vif plaisir. Malheureusement, aucune image n'apparut. Pour une des rares fois dans sa vie, les flammes ne lui apprirent rien.

Malgré l'absence de révélations, la contemplation du brasier continua de lui procurer un plaisir fiévreux. Zarcofo avait vu le jour dans une forêt de flammes allumée par sa mère, une rouf tombée sous le charme du sorcier Léfra. Rongée par la honte, la rouf avait incendié leur refuge. Elle avait poussé son dernier râle au moment où les gémissements de Léfra résonnaient dans la forêt des krounis. Seul le nouveau-né avait miraculeusement survécu au brasier. Depuis ce jour, la vue des flammes exerçait sur Zarcofo une fascination perverse doublée d'un appétit de violence inassouvissable.

Le sorcier devait absolument retrouver la trace de l'Élu. La situation était urgente. Or, étrangement, sa volonté d'agir semblait freinée par une dangereuse nonchalance. Zarcofo fit un effort pour comprendre ce qui était en train de se produire. En découvrant que l'Élu lui échappait, son premier réflexe aurait dû être de libérer d'autres guerriers. Des hardes de grichepoux et de bigueleux piaffaient encore dans les enclos où il les gardait affamés, prêts à s'élancer à la poursuite du jeune humain. Il n'avait pourtant pas lancé d'ordre. Pourquoi?

De vagues souvenirs émergèrent. La vieille Virzine lui avait offert un breuvage très épicé à base de feuilles de mangolier, comme elle le faisait souvent. Zarcofo savait que ces feuilles avaient des propriétés calmantes, mais ce qu'il éprouvait dépassait largement l'effet d'une telle mixture.

Tout à coup, il comprit. Il avait été drogué! Les feuilles de mangolier avaient été mélangées à d'autres substances.

Oui… Son esprit s'égarait, une étrange torpeur l'étreignait et il n'aspirait qu'à assouvir ses pulsions diverses.

Zarcofo poussa un long hurlement. Il était bien trop près du but pour accepter un risque d'échec. Aucun sorcier avant lui n'était parvenu à arracher autant de pouvoirs aux fées. Il avait patiemment échafaudé un plan presque parfait, ses armées étaient puissantes et sa soif de vaincre inégalée. Il devait absolument lutter contre les effets de cette potion.

Zarcofo piétina le feu devant lui, prêt à tout pour fouetter ses sens. La douleur fusa, traversant tous ses membres. Il tenta d'identifier qui voulait porter atteinte à ses pouvoirs. Cette vieille pourriture de Virzine l'avait trahi, il en était sûr, mais elle n'avait pas elle-même orchestré le complot. Quelqu'un d'autre était coupable.

Le sorcier chercha qui, près de lui, aurait pu souhaiter lui ravir son pouvoir. Gork? Non. Il avait vu le géant attaquer Rosie. Gork était heureux dans le rôle qui lui était dévolu. Quant aux généraux de ses armées, ceux qui n'avaient pas péri sous la colère de Tar devaient se réjouir d'être encore vivants. À moins que la puissance de cette manifestation n'ait ébranlé leur confiance… Zarcofo sentit qu'il s'approchait de la vérité. Un des siens se rebellait, désillusionné après le spectacle de la toute-puissance de Tar. Sans doute s'agissait-il d'un fougre. Ces vilaines créatures avaient tendance à jalouser les sorciers et à rêver de leur ressembler.

Le sorcier eut soudain conscience d'un désastre imminent. Redoutant le pire, il quitta la salle principale de son antre et s'élança vers la haute grille au bout de l'étroit couloir. Une peur sourde lui mordait le ventre. Lorsqu'il perçut les grondements et les feulements des dragons, une brusque panique l'oppressa : au lieu de manifester leur excitation, les bêtes se lamentaient.

La haute grille menant à sa galerie protégée était ouverte. Zarcofo descendit en hâte la longue série de marches creusées dans le sol et pénétra dans la salle aux trésors. Un son pétrifiant fusa de sa bouche. Un cri si perçant, si désespéré, si douloureux, qu'il retentit dans tous les couloirs de son antre, glaçant le sang des fougres les plus aguerris.

Six énormes dragons se tortillaient, paniqués, en crachant des flammes. Le septième gisait dans une mer de sang noir.

Zarcofo se précipita vers la bête agonisante. Du sang épais bouillonnait autour d'un coutelas planté à la base du cou. La poitrine de l'immense créature se soulevait encore péniblement alors que le dragon n'en finissait plus de mourir en poussant des sifflements plaintifs.

— Médric… souffla le sorcier en se collant contre la bête. Médric mon tout petit… Mon tout dernier… Pourquoi toi ?

Les mots résonnèrent dans sa tête. Pourquoi Médric ? Pourquoi le plus jeune et le plus ardent de ses sept dragons ? Le sorcier se releva précipitamment. Il savait qui avait tué. Un seul de ses fougres connaissait l'identité de sa bête préférée.

Zarcofo n'eut pas le plaisir de se venger. Il trouva le fougre travesti en pouc à quelques pas de lui, croupissant dans la flaque sombre répandue autour de sa victime. Fakar avait tout juste eu le temps de blesser mortellement la bête avant d'être foudroyé, comme tous ceux qui osent affronter le regard d'un dragon.

Le sorcier sentit l'effet de la drogue se dissiper brutalement, remplacé par une sensation qu'il n'avait encore jamais éprouvée. Un chagrin immense l'étouffait. C'était un sentiment insupportable. Zarcofo arracha le fer planté dans le cou du dragon et le plongea plusieurs fois dans le corps inanimé de Fakar sans que ce geste lui procure le moindre apaisement. De violentes nausées le secouaient et il avait du mal à respirer. Un sanglot s'étrangla dans sa gorge.

Zarcofo fut frappé de stupeur en se découvrant si fragile et si vulnérable. Il fallait que cesse cette torture. Il croisa le regard mauve du dragon agonisant et se décida. Le sorcier enfonça ses longs doigts crochus dans l'orbite de l'œil gauche et tira de toutes ses forces pour arracher le globe. La bête creva aussitôt.

Zarcofo savait que c'est dans l'œil du dragon que repose son âme. Il savait aussi que dans l'œil d'un dragon fraîchement éteint résident des pouvoirs fabuleux. Le sorcier enveloppa le globe dans un pan de sa longue cape noire. Il n'avait pas encore lancé son dernier sortilège.

LE DÉSERT DE GLACE

La taïra s'étirait à perte de vue, éclairée par un soleil gris. Les vents dormaient, mais le froid se faisait de plus en plus mordant. Jacob continuait d'avancer sur le sentier de neige. Chaque bouffée d'air qu'il respirait lui glaçait les poumons et il lui semblait qu'à chaque pas, il s'enfonçait davantage dans l'hiver.

Malgré tout, une paix indicible l'habitait. Youriana ne lui avait jamais semblé aussi proche et aussi aidante. Jamais auparavant ne s'était-elle imposée à lui aussi magnifiquement. Il la devinait partout et sa présence secrète abolissait la rudesse de ce territoire désolé. Elle inondait la taïra d'une invisible lumière, créant un espace enchanté, soustrait à la misère comme à la cruauté. Jacob percevait les morsures du froid sans que sa volonté ou son courage soient atteints. Lui-même ne s'était jamais senti aussi déterminé.

L'air glacial raidissait ses doigts et engourdissait les muscles de son visage, mais Youriana l'entraînait dans de somptueuses rêveries. Ils dormaient sur le sable doré d'une plage léchée par de hautes vagues. Youriana sentait bon l'eau de mer et le sable chaud. Jacob n'en finissait plus de glisser ses doigts dans la longue chevelure souple de sa princesse fée et de caresser le velours de ses bras délicats. Il n'en finissait plus de se perdre dans l'eau verte de ses yeux et de goûter à ses lèvres, étourdi de bonheur en songeant qu'ils disposaient de l'éternité pour s'aimer.

Un sentiment d'alerte troublait ces instants de pure félicité. Jacob avait conscience d'un danger. Zarcofo apparaissait dans ses rêves éveillés, sauvage et frémissant, suffocant de fureur. Malgré leur force évocatrice, ces images avaient peu de prise sur lui; aussi continuait-il d'avancer, le corps droit et le pas assuré. Lorsqu'il éprouva une grande soif, il trouva miraculeusement sur le sol une petite gourde remplie d'eau. Et lorsque la faim l'étourdit, il trouva un morceau de pain dans sa poche.

Il remarqua à peine que le soleil cendreux glissait lentement dans le ciel trop vaste. Lorsqu'il sombra tout à fait, le froid devint plus cruel. Jacob ne songea pas un moment à s'arrêter. Par-delà ce lointain horizon où le ciel et la taïra se confondaient, la reine Lauriane l'attendait avec une pierre magique qui mettrait fin au sortilège de Zarcofo.

Longtemps après que le ciel fut éteint, Jacob constata que le froid, au lieu de le faire souffrir, semblait abolir toute douleur. Il ne ressentait ni les morsures du gel ni la blessure à sa cuisse. Le paysage s'était métamorphosé. La couverture de neige s'étalait à perte de vue. Au lieu d'un sentier blanc, Jacob suivait désormais une route invisible dans un vaste désert immaculé. Il avançait pourtant sans hésiter.

Soudain, le vent se leva, comme s'il était commandé par quelque puissance cachée. C'était un vent féroce, cinglant, un vent impitoyable. Jacob devina que Zarcofo était l'orchestrateur de ce brusque déchaînement. Le sorcier ne continuait pas simplement de sévir, il déployait des trésors d'énergie nouvelle.

Jacob poursuivit sa route, le corps plié en deux sous les bourrasques. Le froid l'atteignait désormais. Il s'insinuait en lui, sauvage et sournois, resserrant son emprise et drainant ses dernières réserves. Jacob s'accrocha à sa mission. Il y mit toute sa ferveur, toute sa foi en ces puissances enchantées qui, dans le silence de ce désert blanc, continuaient de l'accompagner. Pour tenir bon, pour fouetter son courage et supporter le froid, il laissa son cœur courir sans retenue vers Youriana. Sa passion amoureuse le portait si bien que malgré les assauts du vent, il sentait parfois une sève chaude irriguer ses membres, lui rappelant qu'un printemps sans pareil l'attendait quelque part.

Il tomba malgré tout. Son corps glissa doucement vers le sol, laissant derrière lui un long cordon de pas. Rien d'autre n'était apparent dans l'immensité blanche.

Les nains, les elfes, les roufs, les lutins, les gnomes et les farfadets s'étaient rassemblés sur les berges de la rivière cachée. Les roufs avaient allumé des syres, au grand soulagement des farfadets qui supportaient mal l'obscurité. Puis les nains avaient fait le compte des rescapés. Au terme d'un long et minutieux calcul, l'un d'eux annonça :

— Plus de la moitié de nos pareils ont disparu dans l'éternité. Le sorcier Zarcofo mérite le sort le plus totalement cruel. Il nous a entraînés, pauvres de petits nous, dans un impossible combat.

Maïra prit la parole. Elle rappela à l'assemblée des petits peuples que nul ne les avait forcés à se battre. Ils l'avaient décidé, encouragés par un pouc perfide. Zarcofo n'était pas l'unique coupable et c'est pourquoi Tar avait manifesté aussi clairement son courroux.

— Les géants n'ont pas subi de pertes car ils sont restés fidèles à leur loi, rappela l'aînée des roufs.

— Les guerriers de Zarcofo nous auraient attaqués de toute manière. Nous ne vivons pas dans un cratère protégé comme les géants, objecta le roi des lutins.

— Tu as raison, Élior, convint Maïra. Mais tu sais, comme nous tous, que nous aurions fort bien pu éviter ce déversement de sang.

— Comment? demanda Lilipuy, roi des farfadets.

— En nous réunissionnant dans une grande communion, un peu presque comme une prière, à Tar et à tous les esprits, répondit le gnome Niki en portant une main sur sa bouche dès qu'il eut fini sa phrase, car il n'avait pas prévu parler et s'en trouvait gêné.

L'intervention fervente du petit gnome troubla l'assemblée. Ce qu'il avait dit semblait juste et vrai. Un grand calme succéda à ses paroles. Maïra sentit qu'un lien nouveau se tissait entre les individus réunis et elle en conçut un vif soulagement. Tout n'était donc pas perdu.

Dans l'extraordinaire silence des cavernes de la rivière cachée, à la lumière des flammes dansantes des syres, les petits peuples entreprirent spontanément d'unir leurs esprits. Les corps se rapprochèrent et les mains se nouèrent. Peu à peu l'absence totale de bruit devint musique et les prières silencieuses tissèrent une fraternité vibrante. Chacun perçut bientôt qu'il participait à quelque chose de beaucoup plus grand que lui-même.

Lorsque leur communion libéra des énergies nouvelles, ils vécurent un premier moment de grâce. Tous les petits êtres rassemblés le perçurent et ce sentiment décupla leur ardeur, si bien que leur prière secrète enfla et s'éleva, portée par ce chœur que seul Tar pouvait entendre.

Jacob éprouva un immense bien-être. Une douce chaleur se répandait dans son corps. Il lui semblait que son esprit émergeait d'un profond engourdissement. Un peu comme un écran d'ordinateur après une mise en veille, songea-t-il en reprenant conscience. La comparaison le fit réagir. Où donc était-il ? Au pays des sorciers et des fées ou dans cet autre monde où il menait ses missions devant un écran d'ordinateur ?

Il ouvrit les paupières et se sentit encore plus égaré. Une créature l'observait. Deux yeux marron parcourus d'éclairs blonds.

Jacob attendit prudemment, sans bouger. Cette créature pouvait n'être qu'un mirage, une pure élucubration de son esprit en déroute. Il osa finalement remuer un peu et sentit le chaud pelage contre lui.

— Fandor ? souffla Jacob d'une voix encore barbouillée de songes.

Il reçut un grand coup de langue râpeuse en guise de réponse.

Son merveilleux compagnon l'avait sauvé du froid en le réchauffant de sa fourrure et de son haleine. Jacob vit que l'animal amaigri avait subi des sévices. Il prit une profonde inspiration pour maîtriser le flot d'émotions qui montait en lui.

Fandor sembla y lire un signal. Il se releva et s'ébroua vigoureusement en répandant des flocons de neige. Jacob serra les mâchoires. Malgré les efforts du chien-cheval, le froid paralysait ses membres. Chacun de ses mouvements prenait des allures héroïques et il n'arrivait pas à penser clairement.

Fandor se pencha en pliant ses pattes de devant afin que son compagnon puisse monter sur son dos. Jacob enroula ses bras autour du cou de l'animal et enfouit son visage dans le pelage chaud. Le chien-cheval partit aussitôt d'un long pas souple, filant à vive allure vers le désert de glace.

L'AMOUR D'UNE FÉE

Émile Robichaud s'efforçait de paraître calme, mais chaque fois que le directeur de l'Institut touchait à la jeune patiente, soulevant ses paupières ou palpant ses poignets et son cou, il devait se retenir pour ne pas intervenir. Ses poings se crispaient automatiquement dans son dos et il serrait les mâchoires si fort qu'il en avait mal.

La veille, il avait téléphoné à sa vieille amie Lysiane pour lui réclamer de l'aide. Lui-même n'avait pas d'ordinateur. Il écrivait encore des lettres qu'il mettait à la poste et utilisait un téléphone ordinaire pour ses rares communications. Lysiane avait été technicienne en documentation pendant de nombreuses années. Il savait qu'elle pourrait l'aider à mener une recherche sur le Web.

Les deux amis avaient travaillé ensemble durant près de dix heures, les yeux rivés à l'ordinateur, avant de tomber sur un article paru il y avait plus d'un an. D'abord alerté par quelques mots-clés, Émile Robichaud avait finalement saisi, en lisant le fait divers, que la jeune fille trouvée inconsciente dans la clairière d'un petit boisé était la même personne que sa patiente. Après avoir été transportée dans un hôpital régional, la jeune personne avait été transférée d'urgence au Centre de santé universitaire de

Westville. Aucun indice n'avait permis d'établir son identité à l'époque et depuis, visiblement, personne ne l'avait réclamée.

L'infirmier devinait que cette mystérieuse patiente pouvait représenter un cobaye idéal pour les scientifiques de l'Institut de recherche. Le directeur, Stéphane Laplante, qui s'était maintenant présenté à l'infirmier, avait la réputation d'être un homme dur, affamé de pouvoir. Émile Robichaud était persuadé qu'il faisait partie de ces individus prêts à tout pour atteindre leurs objectifs.

Laplante recula de quelques pas, abandonnant enfin son examen de la patiente, et se tourna vers l'infirmier.

— Vous dites qu'elle a entrouvert les yeux. C'est tout? Vous en êtes absolument sûr?

— Tout à fait, répondit l'infirmier.

— À votre avis… même si ce ne sont que des spéculations… enfin… Avez-vous l'impression qu'il s'agissait d'une sorte de réflexe ou croyez-vous qu'elle ait manifesté un début de reprise de conscience?

Émile Robichaud fit semblant de réfléchir.

— J'ai cru distinguer une certaine intelligence dans son regard. Mais, bien sûr, ce n'est qu'une impression…

Stéphane Laplante quitta la chambre sans se donner la peine de remercier ou de saluer son interlocuteur. Émile Robichaud s'approcha aussitôt de la patiente. Il aurait juré qu'elle avait eu conscience de la présence du directeur de l'Institut.

— Il est parti, murmura-t-il en se penchant vers elle.

La jeune fille ouvrit lentement les yeux, offrant à l'infirmier son regard d'eau encore embrouillé de songes. Un large sourire éclaira le visage de Robichaud. Chaque fois qu'elle manifestait un signe de reprise de conscience en sa présence, il éprouvait une grande joie. Malheureusement, ces instants étaient brefs et depuis qu'elle avait répété quelques fois un prénom, elle n'avait plus jamais parlé.

L'infirmier avait réussi à soutirer un peu d'information au jeune scientifique qui accompagnait le médecin traitant. Ils s'apprêtaient à injecter à sa protégée une substance étrangère sur laquelle l'équipe misait énormément pour l'avancement de leurs recherches. L'intervention aurait dû avoir lieu quelques jours plus tôt, mais elle avait été annulée après que la patiente eut manifesté un premier signe d'éveil.

Robichaud s'était donc résolu à noter une deuxième période d'éveil sur sa feuille d'observation, alors même que la patiente avait ouvert les yeux une dizaine de fois au cours des dernières trente-six heures. Il fallait que l'équipe croie à un possible réveil de la patiente, mais éviter qu'ils s'installent en permanence à son chevet. En attendant de trouver une meilleure solution, l'infirmier essayait de gagner du temps tout en sachant qu'il ne pourrait poursuivre ce jeu longtemps.

Émile Robichaud posa une main couverte de taches brunes trahissant son âge sur le front de sa patiente. Il aurait voulu l'éloigner de ces individus prêts à tout pour expérimenter leurs découvertes. Il savait qu'il devait agir. Il décida de donner rendez-vous à Jobin. Son ancien voisin, chercheur au laboratoire du troisième étage, était un grand gaillard taciturne, un de ces scientifiques peu doués pour vivre en société, mais foncièrement bons. C'est du moins ce que percevait Robichaud. Et il espérait de tout cœur ne pas se tromper.

Depuis son petit lit d'hôpital qui lui faisait penser à une barque de fortune flottant en pleine mer, Youriana remercia silencieusement sa mère d'avoir placé à son chevet un homme aussi bon. Elle savait qu'en sa présence, elle n'avait pas à dissimuler les signes de sa vitalité nouvelle.

Une fois seulement, elle avait parcouru la pièce du regard. Même si elle aurait dû s'y attendre, l'absence de végétaux l'avait apeurée. Les humains habitaient un univers encore plus hostile qu'elle ne l'avait imaginé. Ils vivaient loin des arbres, du vent, de la terre, du soleil et de l'eau. Comment parvenaient-ils à survivre dans de tels paysages où les odeurs et la lumière avaient si peu à offrir ?

Youriana savait déjà, pour avoir épié des heures de conversation entre les membres du personnel, qu'ils allaient lui administrer de l'hydransie par voie intraveineuse. En apprenant la nouvelle, elle n'avait pu réprimer des frissons d'angoisse. Il fallait appartenir au royaume caché pour savoir que les fées étaient incapables de métaboliser cet élixir.

L'hydransie avait été découvert sous le règne de Mérival par un très jeune elfe nommé Sytar. Depuis, tous les êtres féeriques de même que les sorciers et leurs sbires chérissaient cette substance qui leur procurait des bienfaits divers à condition d'en user parcimonieusement. Chaque petit peuple réagissait différemment à l'hydransie. Les elfes métabolisaient la substance pour faire pousser leurs ailes tandis que les nains en prenaient pour augmenter leur force musculaire lors de travaux difficiles. Les roufs raffolaient de l'hydransie qui leur procurait un bien-être délicieux. Dans tous les cas, l'abus de ce précieux liquide entraînait des conséquences désastreuses. Des roufs avaient perdu la vie, des nains avaient perdu la tête et des sorciers avaient donné libre cours à des gestes d'une barbarie inouïe.

Youriana poussa un léger soupir. Sans même ouvrir les yeux, elle eut conscience des gestes de son protecteur qui s'approcha, attentif à chaque remuement. Elle aurait voulu lui dire qu'il pouvait dormir, car elle ne bougerait plus pendant un long moment, mais elle n'osait pas se révéler trop rapidement. Tout était encore trop fragile. Même si elle parvenait à s'en libérer un peu depuis que l'Élu avait échappé au piège du sorcier, le sortilège de Zarcofo opérait toujours.

La princesse fée laissa le jeune humain envahir ses rêveries. Dès qu'elle en avait la force, elle cherchait à le retrouver. Elle laissa ses pensées courir vers son bel amoureux et souffrit de le découvrir épuisé et hagard, le corps ballotté par sa monture, tous ses membres saisis par un froid qui le transperçait jusqu'au cœur. Youriana ne put résister au désir de l'aider. Elle cueillit en elle des petits trésors d'enchantement nouvellement éclos et supplia Tar de les lui porter.

LE CHÂTEAU DE LA REINE

Une forte tempête sévissait. Jacob n'aurait su dire depuis combien de temps la neige tombait en rafales, mais déjà, le ciel et le sol n'existaient plus. Le paysage avait disparu dans un océan blanc. Le vent fouettait la neige qui semblait venir de partout à la fois.

Fandor galopait toujours. Jacob gardait ses bras serrés autour du cou de son compagnon. Il n'avait pas dormi, mais son esprit errait dans un état de demi-conscience. Le froid l'abrutissait, sapant sa volonté en même temps que son énergie. Malgré tout, il osait encore croire qu'il atteindrait son but.

Jacob ne sentait plus les bourrasques fouetter ses joues et il devait vérifier du regard pour s'assurer que ses doigts étaient bien accrochés au pelage de sa monture tant tous ses membres étaient gourds. Il savait qu'il ne luttait pas seulement contre les éléments. Il combattait le grand sorcier lui-même. Cette abominable tempête était l'œuvre de Zarcofo. Il avait jeté sur le paysage un sort d'une rare puissance, rivalisant avec Tar en crevant le ciel et en soulevant le vent. Le sorcier était déterminé à empêcher l'Élu de poursuivre sa route jusqu'au château de la reine.

Mais Zarcofo n'était pas le seul maître. Si l'équilibre des forces avait penché plus clairement en sa faveur, le sorcier aurait attaqué de plein front, sans faire appel aux grands éléments. « Rien n'est encore perdu », se répétait Jacob. L'âme des fées continuait de briller dans les replis secrets du royaume et lui-même participait à la résistance. Il sentait toutefois que même aidé de Fandor, il ne pourrait tenir encore longtemps.

Jacob eut un pincement au cœur en songeant à Léonie. C'est elle qui, la première, lui avait appris à diriger ses pensées, à torpiller ses peurs, à invoquer les puissances merveilleuses et à débusquer le beau là même où il semblait absent. Elle l'avait préparé à la rivière cachée comme à la forêt des elfes. Jacob se cramponna au souvenir de sa fée-marraine et continua d'avancer dans le désert de glace, porté par Fandor. À quelques reprises, il se sentit glisser de sa monture. Il dut déployer de vaillants efforts pour se redresser et garder ses bras autour du cou de l'animal. Afin de raviver son ardeur, il se répéta qu'il était ce chevalier aperçu dans le grand livre de contes au manoir de son oncle. Celui qui galope à fond de train, traversant la forêt de ronces pour sauver sa Belle.

Jacob plongea son regard dans la tourmente de neige. Il se sentait faiblir dangereusement. Il employa ce qui lui restait de lucidité et de volonté à imaginer le château de la reine fée par-delà l'horizon disparu. Il avait besoin d'un ancrage pour ne pas dériver, pour ne pas basculer à jamais dans le brouillard blanc. Il continua à se concentrer sur ce lieu magique en espérant le voir apparaître. Il n'arrivait plus à résister au froid. Si rien d'autre n'advenait, il allait succomber à cet impitoyable hiver. Il devait lutter autrement. Mais comment?

Jacob chercha désespérément une réponse. En vain. Son esprit était aussi brouillé que l'espace autour de lui. Peu à peu, il commença à trouver que l'engourdissement constituait un merveilleux refuge. Il s'imagina lâchant prise. Il glisserait de sa monture et serait happé par le tourbillon de neige. Cette perspective lui semblait étonnamment réconfortante. Le froid abolirait la douleur, la fatigue et l'angoisse.

Il eut encore quelques percées de lucidité au cours desquelles il se souvint que les morsures du froid n'appartenaient pas à l'hiver. C'était Zarcofo qui le tourmentait. C'est lui qui se cachait dans cette nature déchaînée et ce qui pouvait ressembler à un refuge était sans doute le pire des pièges.

Malgré ces quelques moments de clairvoyance, Jacob aurait probablement cédé au désir de plus en plus prenant de s'abandonner à la tourmente si elle ne lui était pas apparue. Youriana. Pas même une silhouette. À peine une ombre bleue dans la nuit de neige. Une promesse, un rappel de ce qui l'attendait, de ce pourquoi il devait tenir bon. Elle était là. Elle existait. Elle était sa terre, son eau, son soleil.

Comment pouvait-il lutter? Quel était son dernier recours? La réponse s'imposa enfin. Claire et vibrante. Elle lui venait de Youriana, mais aussi de Léonie, de Rosie et de tous les peuples féeriques réunis. C'était la seule réponse possible.

Personne ne lui avait appris à prier. Et pourtant, ce qui s'éleva en lui n'était ni un chant, ni une requête, mais bel et bien une prière. Un jaillissement merveilleux. Une ode à Tar ainsi qu'aux magiciens et aux fées qu'il avait créés. Une profession de foi en la magie du monde et en toutes les puissances enchantées, tapies dans l'ombre, qui ne demandaient qu'à être célébrées. Jacob resta accroché à cette vision fugace d'une princesse fée en continuant de prier, exhortant les plus grandes puissances, quelles qu'elles fussent, de le mener au château de Lauriane.

Des voix se joignirent à la sienne. Un chœur de prières s'éleva lentement, issu de lieux secrets. Jacob sentit alors que sa propre prière gagnait en puissance, portée par toutes ces voix qui l'accompagnaient. Les petits peuples étaient avec lui. Et les géants et les magiciens et les fées.

Une joie délicieuse s'épanouit en lui. Il la reçut comme on accueille le vent tiède au cœur d'une canicule ou une éclaboussure de soleil un jour gris. Puis, l'espace d'un instant magique, il fut transporté chez les fées. Youriana lui sembla si près de lui qu'il pouvait entendre son cœur danser. Elle le voyait et elle l'entendait. Il en était sûr. Jacob se laissa envahir par un bien-être indicible.

Fandor accéléra, comme s'il venait d'apercevoir quelque chose. Soudain, une longue déchirure traversa le brouillard, écartant les pans de la tempête. Les rafales de neige drue s'évanouirent dans un vent mourant. Tout ce qui tourmentait le ciel disparut d'un coup, comme par enchantement, et le château de la reine fée apparut enfin, incandescent dans la nuit d'hiver. Ses huit tourelles s'élevaient fièrement, illuminant le ciel de leur beauté glacée. La plus haute semblait vouloir filer jusqu'aux étoiles. Le château paraissait sculpté dans un matériau unique, alliage extraordinaire de givre et de lumière. Tout autour, un lourd silence étreignait le désert de glace.

Rien ne protégeait l'accès au château. Ni grille, ni muraille, ni gardes. Fandor s'immobilisa devant les hautes portes et s'inclina pour laisser descendre son cavalier. Jacob caressa le cou de sa monture avant de mettre pied à terre.

Il fut alors saisi par la majesté du moment. Il avait atteint le château d'hiver de la reine fée. Il allait réussir sa mission. Il ne lui restait plus que quelques pas à franchir, quelques gestes à poser avant de tenir la pierre bleue dans sa main.

Les portes s'ouvrirent comme par magie. Jacob pénétra dans une vaste salle aux murs immaculés. Il fut surpris de découvrir que déjà, il n'avait plus froid.

Le château semblait abandonné. Le silence était entier. Pourtant, Jacob était persuadé que la reine fée était là. Il le sentait. Dans son cœur et dans son ventre.

Trois hautes fenêtres perçaient le dôme de l'immense vestibule. Un peu plus loin, Jacob distingua deux couloirs. Il continua de scruter les murs et aperçut une autre ouverture.

Un étroit escalier en spirale grimpait jusqu'à une tour du château. Jacob s'y engagea, le cœur battant.

À mesure qu'il montait, la présence de la reine fée se précisait. Chaque marche le rapprochait d'elle.

Il atteignit le sommet de la plus haute des huit tours du château. En pénétrant dans la pièce, Jacob fut saisi de tremblements. Il avait l'impression de revivre le moment où il avait trouvé le fameux livre dans la pièce interdite du manoir de son oncle. La pièce était pareillement petite et meublée d'une seule table. Sur cette table, au lieu d'un livre, il y avait une pierre. Bleue et prodigieusement brillante.

Il avait tant marché, tant couru, tant souffert pour atteindre ce petit éclat d'azur. Il était allé au bout de ses forces, au bout de son courage, au bout de lui-même.

Pendant qu'il contemplait le précieux caillou, la reine fée se révéla à lui. Jacob ne perçut d'abord qu'une ombre bleutée puis une silhouette et enfin cette apparition inoubliable. Il reconnut la dame bleue qui l'avait soigné après qu'il eut sauvé son petit xélou des grichepoux. Elle était encore plus belle que dans ses souvenirs. Sa grâce bouleversante, l'infinie délicatesse de ses traits et la brillance de son regard lui rappelaient la princesse fée dont il était épris.

Un sourire éclaira le visage de Lauriane.

— Te voilà enfin, souffla-t-elle. Je t'ai attendu si longtemps…

Jacob déglutit. Son cœur menaçait d'éclater.

La reine continua de l'observer comme si elle n'arrivait pas à se rassasier de cette vision.

— Cette pierre t'appartient, Jacob, dit-elle encore. Tu l'as hautement méritée. Comme tu as mérité d'aimer ma fille. Et d'être aimé en retour.

La voix de la reine se brisa sur ces derniers mots comme une lame de fond sur un haut récif.

— Je ne te fais pas chevalier, jeune Élu, proclama la reine d'une voix solennelle, car tu l'es déjà. Seul un chevalier pouvait accomplir ce que tu as accompli. Tu avais déjà l'âme d'un chevalier lorsque tu courais les bois en compagnie de ton frère, mais il te fallait parcourir cette route jusqu'à moi pour le devenir pleinement.

Lauriane marqua une pause pendant qu'un flot de souvenirs inondait Jacob.

— Quoi qu'il t'arrive désormais, quels que soient les gestes que tu poseras, ta vie ne sera plus jamais la même. Une part enchantée de nous restera toujours enracinée en toi.

Jacob s'inclina et mit un genou à terre. La reine fée déposa une main sur son épaule. Jacob sentit un courant merveilleux parcourir son corps. Et s'y déposer.

— Je dois partir, annonça Lauriane d'une voix grave. J'ai réussi à défier les écrits en t'attendant, mais je dois désormais laisser les événements s'accomplir.

La reine enveloppa Jacob dans son regard d'eau avant d'ajouter :

— Je te confie ma fille, Jacob Jobin. Sache aussi que le sort du royaume reste entre tes mains.

À peine eut-elle prononcé ces paroles qu'un éclair doré illumina le corps de la reine, comme si une aube soudaine se levait en elle. Puis elle disparut.

Jacob eut peur de rester pétrifié à jamais tant il se sentait dépassé par ce qu'il venait de voir et de vivre. Il parvint malgré tout à avancer de trois pas. Il allongea un bras, prit la pierre bleue étonnamment scintillante et referma sa main sur le précieux trésor.

Au même moment, la petite pièce au sommet de la plus haute tour du château d'hiver de la reine fée redevint déserte. La table avait disparu. Et le chevalier aussi.

LE RETOUR

Sans même ouvrir les yeux, Jacob comprit qu'il avait quitté le royaume caché. Il fut pris de panique en découvrant que la pierre bleue n'était plus dans son poing fermé. Il palpa fébrilement le drap recouvrant le matelas du lit où il était étendu et trouva la petite pierre tout près de sa main sous les couvertures.

Des pas s'éloignèrent. Quelqu'un avait quitté la pièce dans laquelle il se trouvait. Jacob attendit. Il n'était pas seul. Il devinait une autre présence. Tout près.

— Jacob... m'entends-tu?

Il reconnut la voix, mais ne manifesta pas de réaction. Mille questions se bousculaient à l'orée de sa conscience. Qu'allait-il arriver? Que devrait-il dire? Et surtout, par-dessus tout, où était Youriana? Quand et comment la retrouverait-il?

Jacob ouvrit les yeux et amorça un mouvement pour se retourner vers la personne à son chevet. Aussitôt, des douleurs aiguës lui apprirent qu'il n'avait pas seulement rapporté la pierre bleue du royaume caché. Il revenait aussi avec des blessures. Il toucha à sa cuisse. Un bandage dissimulait la morsure du fougre. Il sentit aussi que ses pieds étaient recouverts de pansements. Jacob porta ses mains devant son visage et vit que le bout de ses doigts était violacé.

Il se retourna en grimaçant.

— Salut! lança-t-il à sa sœur sur un ton qu'il s'efforça de rendre léger.

Le magazine ouvert sur les genoux de Jacinthe glissa sur le plancher.

— Jacob! s'écria-t-elle, visiblement très soulagée de le découvrir éveillé.

Il était heureux qu'elle soit là, heureux aussi d'ouvrir les yeux devant elle. Jacinthe Jobin. Cette grande sœur qui l'avait tant fait enrager. Sa plus redoutable et détestable ancienne ennemie. Jacob esquissa un sourire.

Jacinthe l'observait gravement, le corps raide et les sourcils froncés. Elle resta ainsi, interdite et muette jusqu'à ce qu'un mécanisme secret se déclenche. Elle se jeta alors sur Jacob et lui martela la poitrine de coups de poing.

— Espèce d'imbécile! Tête de nœud! Égoïste! J'étais folle de peur. Je pensais que tu allais mourir. Comme Simon-Pierre…

Sa voix se brisa sur les derniers mots et elle éclata en sanglots. Jacob ouvrit les bras et sa sœur vint se blottir contre lui. Il l'étreignit doucement en attendant que passe l'orage. Elle semblait étonnamment menue dans ses bras. Son corps tressautait, secoué par de gros sanglots.

— Je te déteste, Jacob Jobin… hoqueta-t-elle finalement, en se détachant.

— Je te déteste moi aussi, répliqua-t-il affectueusement.

Ils s'observèrent pendant un moment. Finalement, le visage de Jacinthe se fendit d'un large sourire. Jacob remarqua qu'elle n'était pas maquillée et que ses cheveux tombaient librement sur ses épaules. Malgré ses yeux cernés, il la trouva nettement plus jolie que dans ses souvenirs.

— Quel jour sommes-nous? Quelle… date? demanda-t-il.

— Nous sommes jeudi le 6 août et il est exactement… 16 heures, répondit Jacinthe en vérifiant sa montre. La dernière fois que je t'ai parlé, tu étais chez notre oncle. C'était le 17 juillet. Après, plus rien.

La voix de Jacinthe avait monté d'un cran. Jacob comprit que sa sœur s'était vraiment fait du mauvais sang.

— Je ne pouvais pas communiquer… commença-t-il.

— J'étais morte d'inquiétude, coupa Jacinthe. La femme… Léonie… celle qui travaille chez notre oncle… Elle m'a raconté que tu faisais un voyage. Elle me disait de ne pas m'inquiéter… que tout allait bien… Mais comment voulais-tu que je ne m'inquiète pas? Je n'avais aucune nouvelle de toi.

« En plus… Je me sentais responsable… Nos parents ne savaient même pas que tu étais chez ton parrain. Savais-tu que leur navire de croisière a eu des ennuis mécaniques en Alaska? Je n'en reviens toujours pas. Penses-y! Ça fait quand même des drôles de coïncidences après l'incendie au Camp des Quatre Vents la nuit de leur départ d'ici.

Jacob éprouva une impression d'étrangeté en songeant qu'au lieu de voyager au royaume caché, il aurait dû être dans un camp de vacances. Pour le reste, il n'en était plus à s'étonner de ce qui arrivait.

Jacinthe s'était tue. Une ombre glissa sur son visage.

— Tu te souviens… que ton parrain est mort? Tu le savais, n'est-ce pas? s'inquiéta-t-elle.

Jacob hocha la tête.

— Ils en ont même parlé dans les journaux, poursuivit Jacinthe. Je ne savais pas qu'il était si connu… Papa et maman ont pris l'avion en catastrophe. C'est con, non? Papa n'avait pas vu son frère depuis presque quinze ans et le jour où il meurt, alors que ça ne donne absolument rien, il rentre d'urgence. C'est VRAIMENT con, non?

— Tu as raison. C'est con, approuva Jacob le cœur dans la gorge.

Jacinthe poussa un soupir d'indignation puis poursuivit sur sa lancée, heureuse de donner enfin libre cours à un flot d'émotions trop longtemps contenu.

— Tu aurais dû entendre les cris de maman lorsqu'elle a su que tu étais chez ton parrain. Elle aurait dû se garder de l'énergie… Parce qu'après, elle a vraiment pété les plombs. Elle t'imaginait mort. Comme Simon-Pierre… Je t'avoue, elle faisait pitié à voir. Son médecin lui a administré des médicaments tellement puissants qu'elle a dormi presque sans arrêt pendant ta disparition.

— Ma disparition ? s'étonna Jacob.

— T'appellerais ça comment, toi ? répliqua Jacinthe, outrée. Personne ne savait où tu étais passé. Léonie a raconté que tu avais quitté le manoir en apprenant la mort de ton parrain. Elle pensait que tu avais besoin d'être seul… On ne peut pas vraiment lui en vouloir. Sauf qu'elle aurait dû alerter les policiers plus tôt. Tu as passé quatre jours à errer près du manoir de notre oncle. Lorsqu'ils t'ont trouvé, tu étais inconscient, et *vraiment* amoché. Qu'est-ce qui s'est passé, Jacob ?

« Chère bonne Léonie », songea Jacob. Elle avait menti, invoquant le décès de Théodore pour trouver une manière d'expliquer son séjour dans l'autre monde. Jacob se souvenait de la clairière dans un boisé, pas très loin du manoir. Le cercle des fées… C'est là qu'il avait amorcé son deuxième voyage.

Jacinthe remarqua le trouble de son frère. Elle n'insista pas pour obtenir une réponse, devinant qu'il avait vécu des événements dramatiques depuis la mort de son parrain. Nul ne savait ce qui s'était passé et il ne semblait pas encore prêt à s'ouvrir. Il fallait lui laisser du temps.

— Les policiers ont organisé une battue, reprit-elle. Comme dans les films ! Une centaine de personnes ont fouillé les bois et les fossés à des kilomètres à la ronde. Papa a passé soixante-douze heures debout. Le plus étrange, c'est que personne ne t'ait trouvé avant. Des tas de bénévoles ont dû passer tout près sans te voir. Des journaux ont même parlé de «disparition mystérieuse». À croire que tu étais invisible!

«J'étais là, moi aussi, ajouta-t-elle d'une voix adoucie. J'ai abandonné six heures avant qu'ils te trouvent. Je voulais continuer… mais je me suis foulé la cheville. Regarde…»

Elle leva une jambe, exhibant un pansement élastique.

— Ouais… pas très sexy, commenta Jacob.

— Tu n'as pas vu tes pansements! répliqua Jacinthe. C'est comme si tu t'étais planté la cuisse dans un barbelé et en plus, tu as failli perdre des bouts d'orteils.

Jacob se redressa dans le lit et souleva les couvertures. Du sang séché salissait la bande de gaze autour de sa cuisse et ses deux pieds disparaissaient sous les bandages.

— J'ai eu… des engelures?

— De vraies bonnes! Je n'ai rien vu, mais il paraît que c'est dégueulasse. J'aimerais bien savoir comment tu t'es fait ça. Les médecins ne comprennent pas. Tu as passé quelques nuits à errer dans les bois, mais il n'a pas fait *si* froid. Un médecin a dû rassurer maman. Tu vas pouvoir marcher normalement… mais pas avant plusieurs jours.

— Où suis-je? demanda brusquement Jacob.

— À l'hôpital, répondit Jacinthe, l'air de dire que ça allait de soi.

— J'avais deviné… Mais dans *quel* hôpital?

— Chez nous. À Westville… Où voulais-tu…

Jacob l'interrompit.

— Écoute-moi, Jacinthe. Il faut que tu m'aides. Sans poser de questions…

Sa voix était ferme et grave. Impressionnée, Jacinthe acquiesça d'un signe de tête.

— Tu dois m'aider à trouver quelqu'un, expliqua Jacob. Une fille. Elle est en danger… Elle est hospitalisée à Sainte-Lucie. Près du manoir de notre oncle.

Jacinthe parut réfléchir très vite.

— À Sainte-Lucie… répéta-t-elle. En es-tu sûr?

Jacob dévisagea sa sœur.

— Toi, tu sais quelque chose! lança-t-il, accusateur.

Jacinthe serra les mâchoires. Son nez se plissa comme à chaque fois qu'elle s'apprêtait à réagir fortement.

— Écoute-moi bien, Jacob Jobin, répliqua-t-elle sèchement. Si tu veux que je t'aide sans trop poser de questions, je suggère que tu me fasses confiance. Compris?

— Compris. Je suis… désolé, balbutia Jacob.

Tous ses sens étaient en alerte. Il sentait que sa sœur allait lui faire une révélation importante.

— Bon. C'est O.K. À mon avis, la fille que tu cherches est dans l'édifice à côté.

Jacob pâlit. Jacinthe pouvait-elle vraiment parler de Youriana? Il voulut ajouter quelque chose mais dut s'arrêter.

Son père, Jean-René Jobin, venait d'entrer dans la chambre en compagnie de son patron, Stéphane Laplante.

LE DON

— Alors, jeune homme, si j'ai bien compris, je me suis fait rouler dans la farine! Non seulement ton parrain ne t'attendait pas, mais tes parents n'auraient jamais accepté que tu séjournes chez lui, n'est-ce pas?

Stéphane Laplante affichait un large sourire. Il avait l'allure d'un bon père de famille, du genre autoritaire mais bien intentionné. Jacob connaissait le père de Mérédith, l'amie de sa sœur, depuis qu'il était tout petit. Derrière ce masque rassurant se dissimulait un de ces êtres persuadés d'appartenir à une race supérieure, ce qui, à son avis, lui conférait tous les droits. C'était aussi un homme malsain. Et dangereux. Jacob le percevait clairement. Son œil magique n'avait jamais été aussi perçant.

Que savait le directeur de l'Institut des expérimentations de Théodore? Jusqu'où était-il prêt à aller pour percer les secrets du fameux sérum? Était-il vraiment dupe le jour où il avait laissé Jacob monter dans un véhicule qui devait le conduire au manoir de son parrain? Jacob jeta un coup d'œil rapide à sa sœur. Jacinthe lui renvoya un sourire crispé. Elle lui avait fait part de ses doutes sur l'honnêteté du père de Mérédith depuis un moment déjà.

— Ton silence est éloquent, déclara Laplante. Mais je ne t'en veux pas. J'ai déjà été adolescent moi aussi. Le désir de défier l'autorité semble inscrit dans les gènes à cet âge-là. J'ai moi-même expérimenté la chose…

Le directeur de l'Institut de recherche s'approcha de Jacob, plaquant sa grosse main sur son épaule comme s'ils étaient destinés à devenir les meilleurs amis du monde. Jacob frémit, dégoûté par cette proximité.

— Ça va fiston? demanda Jean-René Jobin.

Jacob n'avait pas entendu la voix de son père depuis longtemps. En l'observant, il fut surpris de le trouver si vieux. Était-ce la fatigue? L'angoisse liée aux derniers événements? Des rides profondes creusaient son front et dessinaient des parenthèses de chaque côté de sa bouche. Il posait sur son fils un regard tout à la fois inquiet et tendre dans lequel perçait quelque chose de neuf que Jacob n'arrivait pas à percevoir clairement.

— Ça va, répondit prudemment Jacob.

— Tes pieds?

— J'ai mal, reconnut Jacob.

Son père lui offrit un sourire compatissant. Laplante profita de cette pause dans le dialogue de retrouvailles père-fils.

— La mort de ton parrain nous attriste tous, déclara-t-il sur un ton faussement solennel. Tu sais qu'il a déjà travaillé à l'Institut de recherche dont je m'occupe… et où travaille ton père.

La phrase était pleine de sous-entendus. Laplante soulignait son autorité. Jacob découvrait qu'il avait désormais une conscience très vive de toutes ces subtilités.

— Nous savons que ton parrain menait des recherches clandestines, continua Laplante. Il n'aurait pas dû, ce qu'il faisait n'était pas très… éthique. Mais nous ne sommes pas là pour le juger.

Stéphane Laplante balaya l'espace autour de lui d'un geste large avec l'air de dire que dans sa grande commisération, il pardonnait tout.

— Ces recherches appartiennent au domaine public. Elles doivent être partagées. Une percée nous permettrait de jouer un rôle primordial dans le développement de certains médicaments représentant un énorme potentiel humanitaire.

« Humanitaire, mon œil », pensa Jacob. Il se souvenait bien des mises en garde de Théodore. Son parrain savait que Stéphane Laplante était dangereux. Ce qu'il cherchait, c'était la gloire, le pouvoir, l'argent. Théodore l'avait fui pour mener ses recherches secrètement parce qu'il redoutait ce que pourrait faire le directeur de l'Institut s'il obtenait des résultats. Son parrain lui avait raconté comment, sous les ordres de Laplante, les chercheurs de l'Institut avaient mis en péril la santé de Youriana en lui injectant des cocktails improvisés auxquels était mélangé le fameux sérum.

Jacob se tourna vers son père et fut surpris de constater qu'il le couvait d'un regard fixe, exagérément insistant, comme s'il avait voulu l'avertir d'un danger. Jacob fit ainsi une découverte ahurissante. Il avait accès aux réflexions de son père. Il savait ce que ce dernier tentait de lui dire. Son père le pressait de ne rien confier à Laplante.

« Une part enchantée de nous restera toujours enracinée en toi », avait proclamé la reine fée au moment des adieux. Jacob mesurait mieux la portée de ses mots. Il avait hérité de pouvoirs précieux.

— Au cours de ton séjour chez ton parrain, tu as sûrement eu connaissance de certains agissements, insista Laplante. Tout indice peut nous être utile, Jacob. C'est ton devoir de nous aider.

Un filet de menace perçait dans les derniers mots. Jacob déglutit. Il avait besoin de temps pour réfléchir afin de ne pas tomber dans les pièges de cet homme.

— Jacob vient tout juste de reprendre conscience, fit valoir Jean-René Jobin. Il a été éprouvé. Je crois qu'il faut lui donner un peu de temps.

Stéphane Laplante acquiesça poliment d'un signe de tête, mais son visage démentait l'acceptation. Il n'avait pas du tout envie de lâcher prise.

— J'aimerais discuter seul à seul avec Jacob, ajouta Jean-René Jobin sans sourciller.

L'urgentiste assigné au suivi du jeune patient qui avait fait la manchette du journal local croisa le directeur de l'Institut de recherche au moment où ce dernier quittait la chambre de Jacob. Le médecin examina l'adolescent puis annonça à Jean-René Jobin que son fils devrait rester sous observation pendant au moins quarante-huit heures encore.

Une infirmière succéda au médecin. Elle administra à Jacob une puissante dose d'antibiotiques par voie intra-veineuse puis entreprit de changer ses pansements. Jacinthe en profita pour s'éclipser. La vue du sang et des chairs à vif lui soulevait l'estomac. Jacob subit l'intervention avec tellement de stoïcisme que l'infirmière ne put s'empêcher de le féliciter.

— J'ai rarement vu un patient, jeune ou vieux, qui se plaint si peu, admit-elle.

Jacob en conçut une certaine fierté tout en se demandant si les fées n'y étaient pas pour quelque chose. Il avait aussi l'impression que son cerveau était tellement absorbé par les dernières révélations de sa sœur et les menaces voilées de Laplante qu'il en arrivait presque à se détacher de son corps.

— Voilà ! La séance de torture est terminée, déclara finalement l'infirmière. Défense de marcher, même pour aller au petit coin. Si tu as besoin de quoi que ce soit, sonne.

Jacob se retrouva seul avec son père. La situation lui parut étrange. Non seulement parce qu'ils étaient dans une chambre d'hôpital à la suite d'événements pour le moins nébuleux, mais aussi parce qu'ils n'avaient vraiment pas l'habitude d'être en tête à tête.

— J'ai reçu la visite d'une dame, commença le père de Jacob. La dame de compagnie de ton parrain.

— Léonie... souffla Jacob. Où est-elle?

— Elle est repartie. Nous avons longuement discuté et elle m'a remis un paquet pour toi.

En découvrant l'effet de ces paroles sur son fils, Jean-René Jobin parut navré.

— Je ne l'ai pas avec moi... Je ne savais pas que tu reprendrais conscience aujourd'hui. Nous avons tous eu très peur... J'ai vraiment eu peur...

Jacob écoutait. Son père ne lui avait plus parlé comme ça, librement, sans dissimuler ses émotions, depuis très longtemps. Depuis qu'il était tout petit au fond...

— Je ne sais pas ce qui est arrivé, Jacob, et je ne réclame pas de confidences. Je t'écouterai quand tu seras prêt, si tu en as envie. J'ai eu des différends importants avec Théo, mais sa mort m'a sonné. Littéralement. J'ai aussi appris des choses... Ça ne te concerne pas, c'est lié à l'Institut de recherche. Mais un jour, peut-être, je t'en parlerai...

Jacob dut déployer de grands efforts pour ne pas révéler à son père que ce qui se tramait dans son lieu de travail le concernait justement et au plus haut point. Il avait soudainement envie de se confier à lui. De lui dire qu'il était au courant des expérimentations de son parrain. De lui raconter que Théodore avait découvert un lien entre le mystérieux sérum et l'hydransie du pays des fées. De lui parler de Youriana et de l'avenir d'un royaume qui reposait sur ses épaules.

— Je voulais quand même te dire… Tu n'as pas de comptes à rendre au père de Mérédith. Disons que je n'ai pas très confiance en lui… Et que j'aurais dû arriver à cette conclusion beaucoup plus tôt, ajouta Jean-René Jobin.

Une voix dans un haut-parleur annonça la fin de la période des visites. Pendant que Jean-René Jobin prenait congé de son fils, Jacinthe réapparut, une boisson gazeuse à la main. Elle en déposa une autre sur la table de chevet de son frère.

— Ne bois pas trop ! Sinon, tu vas passer ton temps à réclamer un pot à pipi, avertit-elle, moqueuse.

Jacinthe téléphona deux heures plus tard pendant que Jacob était seul dans sa chambre.

— Si je raccroche, t'inquiète pas, je rappellerai, commença-t-elle. Je ne veux pas qu'on m'entende. Je ne sais plus trop en qui je peux avoir confiance…

— Que sais-tu ? la pressa Jacob.

— La fille que tu cherches est à l'Institut de recherche. Elle était à l'autre hôpital, près de chez notre oncle, mais elle a été transférée il y a quelques jours.

— Comment sais-tu ça ?

— Avant-hier, j'étais seule dans ta chambre. J'espérais que tu ouvres les yeux… Un homme est entré. Il s'est présenté. Il est infirmier auprès d'elle… La fille… Personne ne connaît son nom. Ils l'ont trouvée il y a un an. Et maintenant, il paraît qu'elle te réclame…

— Elle me réclame? répéta Jacob, médusé. Elle parle? Elle est éveillée?

— Je ne pense pas qu'elle soit éveillée. Mais elle te réclame. C'est ce qu'a dit l'infirmier en tout cas.

— Comment le sait-il? demanda Jacob d'une voix blanche.

— C'est simple. Elle t'appelle, espèce de cloche! Elle dit ton nom. C'est comme ça que l'infirmier t'a retrouvé. Il a posé des questions à droite et à gauche pour voir s'il n'y avait pas un Jacob quelque part. Il a appris qu'un jeune homme à peu près du même âge que la patiente venait d'être hospitalisé. On lui a raconté que tu avais plus ou moins disparu de la carte pendant plusieurs jours dans des circonstances étranges et que tu étais comateux. Il a imaginé un lien possible. Voilà! À ton tour maintenant…

Jacob ne dit rien.

— Allez! Parle! Je veux comprendre moi aussi… insista Jacinthe.

— Elle s'appelle Youriana, confia-t-il, hésitant. Je ne peux pas t'en dire beaucoup plus, sinon qu'elle est en danger. Je le sens. Je le sais… Je dois absolument la voir. C'est urgent.

— Tu ne peux pas marcher. Avec les pansements qu'ils t'ont faits, tu ne tiendrais même pas sur tes pieds de toute façon.

— Veux-tu gager?

— Jacob…

Jacinthe Jobin n'en dit pas plus. Jacob avait raccroché.

LA SORTIE

Jacob utilisa une chaise en guise de marchette. Il tenait la petite pierre bleue dans sa main gauche, ce qui ne facilitait guère ses déplacements. L'entreprise fut laborieuse et physiquement mortifiante. Dès qu'il déposait un peu de poids sur ses pieds, la douleur fusait. Il parvint néanmoins à atteindre la porte de sa chambre et à l'ouvrir. Le corridor était désert et une rampe d'appui courait le long du mur. Il abandonna la chaise dans sa chambre et survécut au supplice des onze pas jusqu'à la chambre voisine.

Deux patients ronflaient bruyamment. Dans l'espace étroit entre les deux lits, Jacob trouva ce qu'il cherchait : un fauteuil roulant. Il serra les mâchoires pour ne pas crier lorsqu'une des roues heurta son pied droit. Sitôt installé, il glissa la pierre bleue sous sa cuisse. Il attendit qu'un infirmier poussant une civière s'éloigne dans le corridor, puis il fit rouler le fauteuil hors de la pièce.

Un plan de l'édifice indiquant les sorties de secours était accroché dans le corridor, à côté de la porte menant aux escaliers. Jacob découvrit qu'il pouvait atteindre l'Institut de recherche adjacent en empruntant le couloir D au rez-de-chaussée de l'édifice principal. Au bout du couloir, il trouverait un autre ascenseur. Du troisième étage, il aurait accès à un passage menant à l'Institut. Jacob repéra le premier ascenseur et s'y engouffra.

Il disposait de peu de temps. Il fallait éviter que le personnel du troisième sud où il était hospitalisé découvre son absence. Jacob aurait parié que Stéphane Laplante avait ses antennes et que sa petite fugue pouvait prendre des proportions dramatiques. Il savait aussi qu'il devait agir secrètement. Les chercheurs de l'Institut ne devaient pas le surprendre auprès de leur précieux cobaye.

En sortant du deuxième ascenseur, il se retrouva nez à nez avec un gardien de sécurité.

— Tu dois être perdu, jeune homme, décréta l'homme. Reprends l'ascenseur, tu n'es pas dans le bon édifice.

Jacob fut surpris par la qualité de son improvisation.

— Non, répondit-il sur un ton convaincant. Je viens rendre visite à mon père, Jean-René Jobin. Il est affecté au service…

— JR! Bien sûr. Et toi aussi, je te reconnais… Tu étais dans le journal d'hier! Quelle histoire…

Il parut subitement se souvenir de ses fonctions et adopta un ton d'autorité.

— Ton père n'est pas là. Il est passé cet après-midi, mais il est reparti.

— Puis il est revenu… répliqua Jacob, l'air sûr de lui. Il vient de téléphoner à ma chambre. Il veut me montrer le laboratoire où il travaille. Ce n'est pas tous les jours que je suis juste à côté…

Le gardien parut embêté.

— C'est vrai que j'ai quitté mon poste pendant deux ou trois minutes. Il faut bien se soulager…

Il parut hésiter un moment. Jacob lui offrit un sourire candide.

— Allez, vas-y. Tu connais la route?

Jacob acquiesça, même s'il se sentait un peu perdu dans ce dédale. Il n'avait pas mis les pieds à l'Institut depuis des années.

Peu après, son cœur s'emballa. Ses mains devinrent moites et sa gorge sèche. Youriana était tout près. Il n'arrivait pas à y croire. Il eut peur, tout à coup, de basculer dans un autre monde ou de découvrir qu'il rêvait. Pour retrouver un peu de sang-froid, il se concentra sur la disposition des lieux. Le Centre hospitalier de Westville était construit à flanc de montagne et l'Institut logeait derrière le bâtiment principal. Il devait emprunter le passage vitré menant à l'autre édifice.

Jacob fila droit devant. Au bout du passage, il trouva un autre ascenseur. Il le prit et appuya sur le bouton du premier étage. Jacinthe n'avait rien précisé. Il agissait d'instinct. L'ascenseur s'arrêta à l'étage supérieur. La porte s'ouvrit. Jacob sut aussitôt qu'il avait enfin atteint le bout de sa longue route.

Youriana était ici. Un grand tumulte s'installa en lui.

Le corridor était désert. Jacob n'entendait plus que le vacarme de son cœur cognant à grands coups affolés contre sa poitrine.

Il se dirigea vers la troisième porte sans même hésiter et manœuvra pour l'ouvrir tout en faisant avancer son fauteuil roulant. La porte se referma derrière lui.

Un infirmier était installé au chevet du lit. Il ne parut pas surpris.

— Elle t'attend, dit-il en se levant.

Jacob fit rouler son fauteuil jusqu'au petit lit blanc en s'obligeant à garder les yeux fixés sur le mur derrière. Ne pas chercher à la voir tout de suite. Approcher avant. Être là, tout près. Puis, enfin, se laisser éblouir.

Le lit était anormalement haut. Jacob voulut quitter son fauteuil roulant pour s'approcher d'elle. Il attendait ce moment depuis trop longtemps pour accepter de la voir à distance: il lui fallait l'embrasser tout entière dès le premier regard, sans perdre un seul frémissement, sans autoriser que la moindre parcelle d'elle, aussi infime fût-elle, lui échappe.

Il se leva, résolu à ignorer la douleur, mais cette fois, ses pieds ne le supportèrent pas. Émile Robichaud l'attrapa juste avant qu'il ne tombe. L'infirmier l'aida à se rasseoir dans le fauteuil roulant, puis il fit jouer une manivelle dissimulée sous le lit. Jacob détourna le regard pendant que l'infirmier ajustait la hauteur du lit.

— Je vais monter la garde, promit Émile Robichaud en quittant la chambre. Si quelqu'un insiste pour entrer, je trouverai une manière de t'avertir. Ça va?

«Non. Ça ne va pas. Je vais mourir. Chaque seconde d'attente est un supplice. J'ai peur, j'ai mal, j'ai hâte...», aurait voulu répondre Jacob, mais les mots n'arrivaient plus à franchir la barrière de ses lèvres.

La porte se referma derrière Émile Robichaud. Jacob serra la pierre bleue dans sa main. Il tremblait de la tête aux pieds. Il avait tant attendu ce moment qu'il n'arrivait pas à s'autoriser le bonheur d'y accéder enfin. Il ferma les yeux, le temps de se ressaisir, de rassembler son courage, d'oublier cette peur folle que Youriana disparaisse soudainement.

Il fut alors saisi par un parfum merveilleux. De neige, de soleil, de terre, de fleur, d'herbe et d'eau. Youriana. Elle venait à lui. Elle l'aidait à apprivoiser cet instant. Il prit de longues inspirations pour mieux se saouler de son odeur. Puis il perçut le souffle de sa princesse fée. Le mouvement lent et ample de sa respiration.

Il ouvrit les yeux. Un son perçant s'évada de sa bouche. Il n'était pas du tout préparé au spectacle qui s'offrait à sa vue.

LE SECRET

Ses yeux de ciel et d'eau étaient grands ouverts et brillaient d'éclats fiévreux. Il ne s'attendait pas à une telle inondation de lumière.

— Jacob... murmura-t-elle d'une voix fêlée.

Elle avait prononcé son nom en coulant dans ces deux syllabes un océan d'émotions. Jacob sentit toutes ses peurs fondre dans le simple chant de son nom.

Youriana l'attendait avec autant de ferveur que lui-même. Elle avait déjà commencé à quitter ses songes. Sans doute avait-elle réuni suffisamment de forces pour commencer à lutter contre le sortilège à mesure que Jacob approchait du château. Malgré tout, ce filet de voix, ce souffle trop lent et ce sourire trop pâle étaient la marque du sorcier. Le sortilège agissait toujours.

Les paupières de Youriana s'étaient refermées. Avec d'infinies précautions, Jacob se hissa sur le matelas où reposait sa princesse fée.

— Ma princesse... murmura-t-il à son tour, la voix altérée par l'émotion.

Il contempla les traits doux et infiniment gracieux du visage de Youriana, le dessin délicat de ses lèvres et la mer de cheveux répandue sur l'oreiller. Un médaillon accroché à une fine chaîne pendait au cou de Youriana. Ses doigts fins reposaient sur sa poitrine près du bijou.

Jacob serra la pierre bleue si fort dans son poing que ses jointures blanchirent. Youriana frémit comme si une brise l'avait effleurée.

Jacob avança lentement une main tremblante. Ses doigts glissèrent sur le cou de Youriana, frôlèrent la chaîne délicate et s'arrêtèrent sur le médaillon. Il l'ouvrit, y déposa la pierre et le referma.

Il ne perdit rien de la transformation qui s'opéra dès lors. Des forces jaillirent de sources secrètes, illuminant la jeune fille. Sa beauté grave et tranquille s'épanouit d'une si éclatante manière qu'avant même qu'elle n'ouvre les yeux, nul n'aurait pu ignorer que cette jeune fille appartenait à un monde enchanté.

Lorsqu'elle battit des paupières et que son regard de forêt et de ciel se posa à nouveau sur Jacob, il sut qu'elle l'aimait. Du coup, le chemin jusqu'à elle lui parut infiniment plus court. La princesse fée de ses rêves était là, enfin, à ses côtés. Et son cœur à elle aussi chantait. Elle l'aimait. Elle éprouvait ce même éblouissement.

Jacob se pencha vers elle. Il se laissa étourdir par son parfum, puis il pressa très doucement ses lèvres sur son front, son nez, ses joues, et enfin sur sa bouche, humide et chaude. Sa tête glissa sur l'oreiller de sa princesse bien-aimée, il enfouit son nez dans la chevelure d'or et de feu, enlaça le corps menu et laissa le bonheur l'envahir.

Youriana resta silencieuse, impuissante à repousser les sentiments qui l'embrasaient. Elle en profita pour s'emplir de l'odeur de Jacob et se laissa doucement envelopper par sa présence. En cet instant merveilleux, elle aurait tout donné pour ne pas être fée. Elle était prête à renoncer à tout pour modifier le cours des événements.

Jacob fut alerté par son œil magique. Il n'avait pas le pouvoir de percer les pensées d'une fée, mais il savait entendre les orages intérieurs et Youriana était aux abois.

Il se releva, abandonnant la chaleur de leur étreinte, et découvrit, stupéfait, que de lourdes larmes gonflaient le regard de celle qu'il aimait.

— Mon bel amour… souffla Youriana. Ce que j'ai à te dire m'afflige davantage que n'importe quelle souffrance. Tes épreuves ne sont pas terminées. Il en reste une. La pire…

Elle s'arrêta un moment, comme pour conjurer une douleur trop grande.

— Parle… Continue… Dis-moi… la pressa Jacob en emprisonnant ses mains entre les siennes.

— Tu m'as libérée, Jacob, et je t'en serai éternellement reconnaissante. Lauriane m'a révélé un secret lorsque les fées m'ont rappelée à elles pendant ton dernier voyage.

Jacob attendit, le cœur dans la gorge, qu'elle lui confie le terrible secret.

— Le sort du royaume caché est plus que jamais entre tes mains, annonça Youriana. L'épreuve ultime de l'Élu se joue maintenant.

Elle baissa les yeux, incapable de soutenir plus long-temps son regard. Il lui semblait que chaque mot qu'elle prononçait était un lambeau de chair arraché à son propre corps.

— Je dois retourner chez les miens, dit-elle.

Elle lut dans ses yeux ce qu'elle avait tant espéré et redouté.

— Tu ne peux pas m'accompagner, ajouta-t-elle d'une voix blanche.

Les paroles de Youriana traversèrent Jacob comme une épée. Le fer d'un fougre l'aurait moins ravagé. Il allait s'ef-fondrer, blessé à mort par cette révélation sauvage lorsqu'un espoir jaillit.

Ils pouvaient changer le cours des événements. Faire mentir les écrits.

— Reste, Youriana. Ne pars pas, plaida-t-il en pressant ses larges mains sur les frêles épaules.

Elle le contempla longuement avant de poursuivre.

— C'est ce que je ferai, je te le promets, si, une seule fois encore, tu me le redemandes. Mais avant, tu dois bien mesurer la portée de ta requête. Si je reste, je deviendrai mi-fée. Je grandirai et vieillirai avec toi. Je ne cesserai jamais de t'aimer et un jour, un peu avant ou peut-être un peu après toi, je mourrai. C'est tout. Ce serait merveilleux... Mais ce serait tout.

Youriana baissa les yeux, le temps de se ressaisir, de trouver la force de prononcer les dernières paroles qu'elle devait prononcer.

— Ce n'est pas ce que les fées réclament de toi, Jacob. Tu t'en doutes bien, n'est-ce pas?

Il ne dit rien. Il attendait la suite, le corps couvert de sueurs froides.

— Les fées réclament de toi le sacrifice de ton amour. Elles te demandent de me libérer une deuxième fois en renonçant à moi. Pour toujours... Je quitterai alors ce monde qui n'est pas le mien pour régner sur le royaume caché. Je me consacrerai à attiser les puissances enchantées afin qu'elles triomphent et je lutterai contre Zarcofo jusqu'à ce qu'une autre fée me remplace ou que le grand sorcier soit remplacé par un autre. Lorsque j'aurai accompli ce que Tar attend de moi, je cesserai d'être reine fée pour devenir une étoile illuminant éternellement le ciel de mon royaume.

Des larmes glissaient sur ses joues. Son regard était d'orage, parcouru d'éclairs désespérés et de fureurs amoureuses.

— Que souhaites-tu, toi? demanda Jacob d'une voix qu'il ne reconnut pas.

— La fée en moi te supplie de me libérer, Jacob. Mais la jeune fille devant toi se meurt juste d'y penser.

Un bruit les fit sursauter. Une femme entra. Jacob la reconnut. Deux fois déjà, elle l'avait secouru, tel un ange gardien, en le cueillant au bord d'un chemin désert à des kilomètres du manoir de son parrain alors que ses jambes ne le supportaient plus.

Émile Robichaud attendait derrière elle. L'inquiétude marquait ses traits. Jacob sut qu'il devait partir.

Youriana pressa sa main dans la sienne. Il la quitta avec l'impression de ne plus exister déjà. L'infirmier l'aida à s'installer dans le fauteuil roulant et la femme le poussa rapidement hors de la pièce.

L'HYDRANSIE

Jean-René Jobin fit tourner la petite cuillère dans sa tasse de café.

— Qu'en penses-tu? demanda Émile Robichaud. Je t'offrirais bien d'y réfléchir tranquillement, mais c'est impossible. Il nous reste à peine six heures pour agir.

Jean-René Jobin se sentait dépassé. Il venait d'apprendre que la haute direction de l'Institut, Stéphane Laplante en tête, allait expérimenter clandestinement sur une patiente le fameux sérum découvert par son frère, Théodore Jobin, quinze ans plus tôt.

Le père de Jacob savait qu'une équipe avait repris certains travaux. Lui-même n'avait pas suivi le projet. Depuis le conflit qui avait opposé son frère et lui à la direction, il restait cantonné dans des recherches de moindre importance et quittait rarement son bureau isolé au troisième étage.

L'idée qu'ils expérimentent le sérum sur des humains ne l'avait jamais effleuré. Or il savait maintenant que la jeune patiente admise quelques jours plus tôt avait servi de cobaye un an auparavant. C'était contraire à toutes les lois de l'éthique et extrêmement dangereux. Pour que la haute direction autorise une telle procédure, il fallait que l'enjeu soit vraiment d'une importance capitale car ils y risquaient leur réputation de même que l'avenir de l'Institut.

— Je n'aurais jamais cru… avoua-t-il sans lever les yeux de sa tasse de café.

En prononçant ces paroles, Jean-René Jobin eut honte. Pendant ces longues années de silence, il savait, au fin fond de lui-même, que la haute direction était corrompue. Les premiers essais que Théodore avait menés sur des rongeurs, avec son assistance, avaient révélé un potentiel phénoménal. Lorsque le vieux Laplante, le père de Stéphane, avait fait pression pour que leurs travaux mènent à des résultats plus rapides servant des causes plus payantes, il aurait dû faire équipe avec Théo. Au lieu de cela, il avait fermé les yeux en acceptant promesses et cadeaux.

Il avait cru acheter la paix, mais il avait perdu ce qu'il avait de plus précieux. Sa liberté. Sa ferveur. Sa foi en lui-même. Le suicide de son fils aîné l'avait achevé. Depuis, il dérivait.

Au cours des derniers jours, il avait perdu son frère et failli perdre son deuxième fils. En faisant ses adieux à Théodore alors qu'il ne pouvait plus l'entendre, Jean-René Jobin avait soudain mesuré la portée de ses gestes. Il était passé à côté de ce frère qu'il avait tant aimé. Passerait-il aussi à côté de Jacob? Et à côté de sa propre vie?

— J'accepte, déclara-t-il à Émile Robichaud. Je vais faire tout ce que je peux.

— Tant mieux, répondit l'infirmier. C'est la bonne décision. Es-tu d'accord avec le plan que je t'ai proposé ?

— Je n'aurais pas pu imaginer mieux, admit Jean-René Jobin en souriant pour la première fois depuis une éternité.

— Bon. Parfait. J'ai autre chose à te confier.

Le père de Jacob attendit qu'il poursuive.

— Ton fils connaît cette jeune fille, annonça l'infirmier.

— La patiente à qui ils veulent faire l'injection ?

— Oui. Et ce n'est pas tout…

— J'écoute.

— Je crois bien qu'il en est amoureux.

Jacinthe plissa son nez et mordilla sa lèvre supérieure.

— Tu as entendu ? Ton médecin a dit que la guérison ne se fait pas normalement. C'est sérieux, Jacob. Si tu marches encore, comme tu l'as fait hier, l'infection va augmenter et ça pourrait vraiment être grave. As-tu le goût d'être handicapé ?

— Peut-être, répondit Jacob sans manifester d'émotion.

C'étaient ses premières paroles depuis son escapade. Lorsque sa mère était venue le visiter plus tôt, Jacob avait feint de dormir et il avait continué de faire semblant quand Jacinthe avait pris la relève. Il n'avait pas davantage soufflé mot lorsque le médecin l'avait examiné puis que l'infirmière avait refait ses pansements.

— Si tu ne veux pas que je marche, emmène-moi à elle, dit-il soudain.

— La fille? Tu veux encore la voir?

— Il FAUT que je la voie, insista Jacob, alarmé.

— Qu'est-ce qui se passe? s'inquiéta Jacinthe. T'as l'air de quelqu'un qui sait que la fin du monde est arrivée.

— Ça ressemble à ça, répondit Jacob.

Il leva vers sa sœur un visage empreint d'une telle tristesse qu'elle lui caressa gentiment l'épaule.

— Aide-moi… Je t'en supplie, plaida Jacob. Ne me demande rien et aide-moi…

— Comment?

— Il y a un fauteuil roulant dans la chambre à côté. Si tu le pousses, ils croiront que tu fais ça pour me distraire. On passera plus facilement… Tu pourras m'aider… Mais je te jure, Jacinthe, je me fous totalement de mes pieds!

Jean-René Jobin rangea les documents dans le quatrième tiroir de son classeur, là où il les avait retrouvés. Personne ne se doutait qu'il avait accès à autant d'information. Lui-même avait oublié qu'il possédait une copie du dossier de recherche original daté du 21 mars 1995. Le jour où Théo avait quitté l'Institut.

En parcourant le dossier, il avait renoué avec l'excitation de ces mois de recherche laborieuse, minutieuse, ardue. Ils se sentaient si près d'une percée. Le potentiel du sérum était franchement fabuleux. Les cellules réagissaient en se multipliant à un rythme vingt-deux fois supérieur à la régénération naturelle. Le problème, c'est qu'ils n'arrivaient pas à maintenir l'activation. Quelle que fût la dilution, les propriétés facilitatrices du sérum se dissipaient au bout de quelques heures et alors, au lieu de laisser les sujets d'expérimentation dans un état proche de leur état initial, le sérum produisait une action compensatoire. En gros, il détruisait les cellules partiellement régénérées. Aucun des trente-huit rongeurs n'avait survécu.

Jean-René Jobin tenta d'imaginer son fils devant la patiente que Robichaud décrivait avec tant d'affection. Pourquoi, diable, Jacob s'était-il attaché à une jeune fille plongée dans un coma profond, sans identité et sans famille pour la réclamer? Comment l'avait-il rencontrée? Pourquoi Théo avait-il tant insisté pour qu'elle reste à Sainte-Lucie? Que savait-il? Que soupçonnait-il?

Son fils cadet amoureux! Dans sa tête, Jean-René Jobin le voyait encore comme un enfant. Pendant les heures où il l'avait veillé avant qu'il ne reprenne conscience, il avait été surpris de le trouver si grand, si costaud, avec cette pilosité nouvelle sur les joues. Un jeune homme! Amoureux comme lui-même l'avait été des siècles auparavant. Dans une autre vie presque…

Jean-René Jobin poussa un profond soupir. Ce qu'éprouvait Jacob pour cette jeune fille l'incitait à déployer encore plus d'énergie pour la soustraire à un traitement qui pourrait lui être fatal. Il était parfaitement conscient de jouer son emploi. S'il perdait son poste, Maryline ne s'en remettrait pas.

Tant pis. Lui-même s'en remettrait.

Ils avaient atteint sans trop de difficulté l'étage où reposait Youriana. Le gardien de sécurité posté devant l'ascenseur était miraculeusement absent et ils n'avaient croisé personne. La suite s'annonçait plus problématique. Des voix émanaient de la première pièce dans le couloir menant à la chambre de Youriana.

Jacinthe immobilisa le fauteuil roulant. La porte de la pièce où des gens discutaient était restée ouverte. Ils ne pouvaient passer devant sans être vus. Jacinthe amorça un mouvement pour faire pivoter le fauteuil et quitter les lieux.

Jacob pressa fermement la main de sa sœur. Il n'était pas question de repartir et il voulait savoir ce que ces gens disaient. Malheureusement, ils parlaient trop bas. Jacob eut du mal à suivre la conversation jusqu'à ce qu'une voix s'élève.

— Le risque de perte humaine est réel, j'en conviens. Mais nous n'avons jamais été aussi près de la réussite ! Avec les nouveaux instruments d'observation dont nous disposons, nous pourrons analyser le moment pivot où les cellules réagissent négativement. En épiant la manière dont elles prolifèrent, nous pourrons mieux déceler les agents activateurs potentiellement efficaces. Je suis persuadé que la réponse est là. Mais avant, il faut absolument administrer une dose massive. Les notes du vieux fou pointent dans la même direction…

Jacob et sa sœur avaient reconnu la voix du directeur de l'Institut. Une femme lui coupa la parole.

— Nous n'avons pas le droit de jouer avec des vies humaines, trancha-t-elle.

— Faux ! Nous avons le devoir d'oser, objecta Stéphane Laplante. Les membres du conseil m'ont donné carte blanche et ma décision est prise. La patiente a manifesté quelques signes d'éveil mais depuis, son état est stable. Nous allons procéder.

Laplante fit un dernier effort pour convaincre son interlocutrice.

— Ne comprends-tu pas ? Nous sommes à l'aube d'une découverte fracassante. Lorsque le sérum sera au point, nous aurons en main le médicament le plus précieux sur le marché.

— Et le plus dangereux, ajouta la femme.

Elle quitta la pièce, visiblement furieuse, passant devant Jacob et Jacinthe sans même les voir tant elle était absorbée par ses pensées. Laplante suivit de peu. Il traversa le corridor d'un pas rapide en fonçant droit devant, entra dans la pièce qui s'y trouvait et referma bruyamment la porte derrière lui.

— On se sauve ! souffla Jacinthe à l'oreille de son frère.

— Pas question, chuchota Jacob en serrant les dents.

LA DÉCISION

L'infirmière au chevet de la patiente portant le bracelet 0001 hésitait à donner l'alerte. La jeune fille n'avait pas vraiment bougé, ni ouvert les yeux ou parlé. Mais ses paupières palpitaient comme si elle visionnait des scènes perturbantes.

Youriana avait fait appel à des pouvoirs magiques pour épier Zarcofo dans son antre. En l'apercevant, elle fut saisie d'effroi. Zarcofo plantait son épée dans le cou de son plus vieux dragon, perçant la chair entre les écailles en faisant jaillir des giclées de sang noir. Ses gestes étaient précis et les plaintes des cinq autres dragons ne semblaient guère l'atteindre. Le sorcier retira lentement l'épée, l'approcha de son visage et lécha le sang collé à la lame. Puis il enfonça une main dans une des orbites du dragon et lui arracha un œil. Un autre dragon éborgné gisait sur le sol.

Zarcofo se préparait sans aucun doute à lancer un puissant sortilège. Youriana suivit le sorcier quand il retourna à la salle principale de son antre où crépitait un feu de branches. Zarcofo y lança ce qu'il avait arraché au dragon. De longues flammes s'élevèrent aussitôt. Youriana connaissait le pouvoir fulgurant des yeux de dragon lancés dans les flammes avec des incantations.

Zarcofo allait éprouver Jacob jusqu'à la fin. Quelle qu'elle soit.

Youriana ouvrit les yeux. Une infirmière l'observait, indécise, à trois pas du lit. Elle poussa un petit cri en découvrant le regard bleu-vert de sa patiente. Dans l'embrasure de la porte, derrière l'infirmière, Jacob était assis dans un fauteuil roulant poussé par une jeune fille qui devait être sa sœur. L'infirmière ne semblait pas consciente de leur présence. Jacinthe se pencha pour chuchoter quelques mots à son frère avant de s'éloigner.

Jacob semblait perdu. Son regard était étrangement fixe, son visage très sévère et son corps raide. Youriana sut que Zarcofo avait déjà frappé. Il tenait Jacob dans sa poigne monstrueuse. Et d'autres aussi, comprit-elle en examinant l'infirmière.

La princesse fée ferma les yeux et adressa une prière sans bruit à Tar. « Aide-moi, supplia-t-elle dans le silence de la petite chambre. Ne laisse pas s'épuiser mes forces nouvellement retrouvées dans une lutte barbare. »

Le téléavertisseur de l'infirmière émit un son continu. Elle prit distraitement le combiné téléphonique sur le plateau à côté de la patiente.

— Non. Rien à signaler. La patiente n'a pas remué d'un cil, annonça-t-elle d'une voix morne.

Elle s'approcha de Youriana, caressa sa main gauche d'un geste machinal et quitta la pièce en fixant Jacob sans le voir.

Jacob ne perdit rien de la scène. L'infirmière venait de passer devant lui comme s'il avait été invisible. Pourtant, sa sœur avait pu le voir et il aurait juré que Youriana l'observait. Quoi qu'il en fût, il s'inquiétait bien peu d'être vu ou non. Un doute épouvantable venait de s'insinuer en lui. À peine l'eut-il formulé qu'il l'envahit tout entier.

Comment n'y avait-il pas songé plus tôt? La jeune fille alitée n'était peut-être pas la princesse fée qu'il avait pour mission de sauver. Ce qui lui était donné à voir pouvait fort bien n'être qu'un subterfuge. Un piège de Zarcofo. Comment savoir si elle ne se métamorphoserait pas bientôt et alors, sous les traits trop parfaits apparaîtrait une créature monstrueuse. Un être maléfique encore plus effroyable que les sorcières carnassières auxquelles il avait failli céder.

Au moment où la jeune fille se transformerait, il serait trop tard. Zarcofo se serait emparé de la pierre bleue. Il l'aurait rangée avec ses trésors ou enfouie dans un lieu secret. L'Élu aurait perdu tout pouvoir, échouant lamentablement dans sa mission après tant de souffrance, tant de misère, tant d'efforts et d'espérances. Il serait déchu pour avoir été dupe d'une sorcière déguisée en fée.

Jacob fit rouler son fauteuil jusqu'au lit. Une fureur sombre le galvanisait. Arrivé au chevet de celle qui prétendait être Youriana, il se leva, prit appui sur ses deux pieds, ignorant la douleur, repoussa le fauteuil roulant d'un geste rageur et empoigna la jeune fille par les épaules.

Ses yeux étaient ouverts. La puissance de Zarcofo était telle que cette sorcière chargée de le tromper avait le même regard de forêt et de ciel que Youriana. Jacob détourna les yeux pour ne pas se laisser hypnotiser.

Le doute devint certitude. Cette jeune fille n'était pas Youriana. Jacob était aux abois. Des monstres lui dévoraient les entrailles. Il secoua rudement la jeune fille sans que ce geste parvienne à apaiser sa fureur.

Il s'arrêta, soudainement honteux de s'attaquer à une si délicate créature, même si elle dissimulait un être maléfique. Il devait agir efficacement et promptement. Arracher le médaillon. Reprendre la pierre bleue. Sa main droite glissa jusqu'au bijou qu'il emprisonna dans son poing.

Youriana tremblait. Ce à quoi elle assistait était parfaitement prévisible. Zarcofo s'était emparé de Jacob. Il utilisait tout ce qui lui restait de pouvoir pour le maîtriser. Elle devait lutter. Aider Jacob. Fouetter sa raison, faire appel à ses sens, éveiller les forces enchantées que les fées avaient déposées en lui. Mais une réalité nouvelle la fragilisait, engourdissant ses pouvoirs, sapant sa lucidité. Elle l'aimait. Et de le voir ainsi, de sentir la rage dans ses mains, la dévastait. L'humaine en elle l'emportait sur la fée.

Jacob aurait voulu tirer sur cette chaîne, mais ses doigts restaient crispés autour du médaillon comme s'ils s'accrochaient à une ancre pour ne pas couler. Des visions effroyables l'accablaient. Son cœur battait à tout rompre pendant qu'il revoyait les sorcières telles qu'il les avait vues dans la caverne de la forêt des krounis, hideuses et terrifiantes, le visage déformé par la haine et la cruauté. Ces visions torpillaient son esprit et l'épouvantaient encore plus que lorsqu'il avait été réellement témoin de la scène.

La peur grondait encore dans son ventre lorsqu'une éclaircie troua timidement le brouillard quelque part en lui, une toute petite lueur tressaillant dans l'obscurité. Il éprouva alors le sentiment de ne pas être lui-même, chercha sa sœur dans la pièce et découvrit qu'elle avait quitté la chambre. Il était donc seul avec ses angoisses, ses doutes, ses intuitions.

Pendant un moment, il avait été si sûr de lui. Et voilà qu'il percevait à nouveau une présence enchantée. Ses mains glissèrent presque malgré lui, tout doucement, le long des bras de la mystérieuse patiente. Jacob se retint de la regarder, laissant plutôt ses doigts chercher la vérité. Lorsqu'ils se posèrent sur les mains de la jeune fille, il tressaillit.

Ses mains caressaient maintenant les siennes avec ferveur et elle lui répondait. Leurs doigts se nouaient et se dénouaient, encore et encore, comme au gré d'une musique d'eux seuls connue.

Jacob osa enfin lever les yeux vers elle. Dès lors, tout devint clair. Les sorcières s'évanouirent, emportant avec elles le cortège de doute et de peur.

— Pardonne-moi, balbutia-t-il. Je t'en supplie. Ce n'était pas moi…

— Je sais, murmura-t-elle tendrement. C'était lui. Zarcofo…

Un frêle sourire trembla sur les lèvres de Youriana.

— C'est fini, Jacob. Il ne reviendra plus…

Jacob approcha son visage, but longuement dans son regard d'eau, puis pressa ses lèvres sur les siennes.

— Je t'aime, chuchota-t-il.

— Moi aussi, répondit Youriana. Depuis toujours. Je crois que je t'aimais avant même de voir le jour.

Jacob laissa ces paroles fleurir en lui. Elle était là, merveilleusement douce et belle. Un enchantement vivant.

Elle était là, enfin, mais elle lui réclamait de choisir. Devait-il la laisser disparaître à jamais afin qu'elle puisse régner sur un royaume où il ne serait plus admis? Ou l'étreindre comme il en avait envie et ne plus jamais la laisser partir?

Pendant un moment, Jacob rêva de fuir dans le passé. Retourner au royaume caché. Sa longue route semée d'embûches n'était-elle pas beaucoup moins éprouvante que cet horrible choix?

— Que dois-je faire? demanda-t-il.

— Tu connais la réponse de mon cœur. Je t'aime, Jacob. Je désire rester ici, avec toi. Vivre une vie, aussi courte soit-elle, puis mourir à tes côtés. Je veux danser, chanter, rire, prier, espérer. Avec toi.

— Serons-nous heureux? demanda-t-il.

— Oui. Nous vivrons comme les autres humains. Je serai mi-fée, mais ce sera notre secret.

— Le choix est donc facile, glissa Jacob, la voix brouillée par une joie tremblante.

Youriana ne répondit pas. Son regard parlait. Jacob y plongea et renoua avec la magie du monde, avec la beauté cachée, avec l'espoir d'un univers meilleur inventé par les elfes et construit par les géants. S'il s'accrochait à Youriana, la morale des fées s'éteindrait. Les petits peuples féeriques et avec eux les géants, les magiciens et les fées disparaîtraient, car plus rien ne ferait obstruction à la fureur des sorciers. Zarcofo prendrait la relève du royaume comme il avait tenté de le faire avec lui, étouffant tout ce qui est enchanté.

Et dans l'univers où lui, Jacob Jobin, était né, rien ne serait désormais pareil puisque les fées ne répandraient plus des poussières lumineuses et des miettes de magie pour rappeler aux humains que tout était encore possible. Qu'ils avaient eux aussi le pouvoir de transformer l'univers.

La décision s'imposait. Jacob Jobin, l'adolescent qui parcourait des mondes sur un écran à la recherche d'un Grand Vide Bleu, aurait choisi de garder la princesse avec lui. Mais l'Élu, le chevalier en qui les fées avaient déposé une parcelle du meilleur d'elles-mêmes, devait accomplir sa mission jusqu'au bout, aussi douloureuse fût-elle.

Youriana lut la réponse de Jacob sur son visage. Il l'aimait suffisamment pour la libérer. Pour la condamner à partir. C'était atroce. Et fabuleux.

— Viens, souffla-t-elle.

Jacob se hissa sur le lit étroit et l'enlaça.

Émile Robichaud glissa le sérum que venait de lui remettre Jean-René Jobin dans la poche de sa chemise d'infirmier. La première étape de son plan avait réussi. Le liquide était devenu inoffensif. Jean-René Jobin avait utilisé un procédé facile, chauffant la préparation jusqu'à ce que les ingrédients actifs soient détruits. Son frère et lui avaient déjà maintes fois répété cette opération quand ils tentaient de déterminer les conditions optimales de préservation du sérum. Robichaud devait maintenant veiller à ce que l'équipe médicale vide cette petite fiole et non une autre dans le soluté avant d'injecter goutte à goutte la substance à sa protégée.

L'infirmier sortit de l'ascenseur, salua le gardien et fut surpris de croiser garde Denancourt, l'infirmière qu'il croyait en poste auprès de la patiente 0001. Diane Denancourt semblait totalement déconnectée de la réalité, exagérément souriante et tout à fait insouciante, comme si elle quittait une salle de cocktail.

— Vous partez ? s'enquit Émile Robichaud.

— Bien sûr, répondit-elle joyeusement. J'étais simplement venue chercher un lainage que j'avais oublié hier. Je ne travaille pas aujourd'hui.

Elle leva légèrement un bras sur lequel pendait un chandail crème.

— Bonne soirée, monsieur Robichaud, ajouta-t-elle aimablement.

Émile Robichaud comprit qu'il se passait quelque chose d'anormal. Qui donc était présentement au chevet de sa protégée? Il aurait dû se faire du souci, mais une petite voix lui souffla de ne pas s'alarmer. Il hésita un moment malgré tout. Devait-il aller porter la fiole là où il l'avait prise, dans le bac de la salle B, ou courir vers la chambre de la patiente 0001 pour s'assurer que tout allait bien?

Il décida de coller au plan établi en évitant les improvisations. Il devait rapporter la fiole avant qu'on ne constate sa disparition. Il irait donc la déposer en premier. Après, il pourrait visiter sa protégée même si son quart de garde ne commençait que dans quarante-cinq minutes.

— J'ai lu beaucoup de contes de sorcières et de fées, raconta Jacob à l'oreille de Youriana. Tu étais ma Belle au bois dormant…

— Je le suis encore, répondit Youriana en se lovant dans leur étreinte.

— Dans ce conte, le chevalier embrasse la Belle pour la réveiller. Dois-je t'embrasser pour que tu retournes dans ton monde?

— Tu dois m'embrasser parce que tu le désires et que je le désire aussi, souffla Youriana.

Ils s'embrassèrent longuement en essayant d'oublier qu'ils devraient bientôt renoncer à ces emmêlements merveilleux.

— Si tu ne me retiens pas, je mourrai bientôt, annonça Youriana tandis que Jacob contemplait son visage.

Ce fut comme si une bête féroce lui labourait le cœur. Il eut un mouvement de recul mais se reprit aussitôt en lisant tout le chagrin du monde dans les yeux de sa bien-aimée.

«Bientôt». Le mot cognait dans sa tête. Youriana fit glisser ses doigts fins sur son visage. Jacob ferma les yeux. On aurait dit des ailes de papillon sur sa peau.

— Ne sens-tu pas déjà un grand remuement silencieux autour de nous? demanda la princesse fée.

Jacob hocha la tête. Oui. Il le sentait.

— Ils vont arriver après. Quand tout sera fini. Ils ne m'injecteront pas le sérum. L'hydransie des humains… De toute façon, la substance aurait été inoffensive car ton père et l'infirmier ont déjoué les sorciers de ton monde… Mais plus rien de cela n'a d'importance. Nous avons nous-mêmes écrit la suite. Je… je voulais partir sans autre regard que le tien.

Jacob n'écoutait plus. Il lui semblait tenir dans ses bras l'univers entier et les astres autour et les galaxies aussi. Plus rien ne comptait, plus rien n'existait que ce trésor vivant pressé contre lui.

— Je veux mourir dans tes bras et renaître là-bas en pensant à toi, murmura Youriana d'une voix affaiblie.

Jacob eut envie de hurler. NOOOOON!!!! Même s'il avait promis.

Il n'était pas sous l'emprise du sorcier, mais il n'entendait plus les fées. C'est lui-même, Jacob Jobin, le simple humain, qui se rebellait.

Youriana pressa ses lèvres chaudes dans le cou de Jacob et caressa sa nuque.

— N'aie pas peur, mon bel amour. Il nous reste encore un peu de temps. Écoute-moi... J'ai le pouvoir d'exaucer pour toi un dernier souhait. Un souhait bien particulier.

Jacob fit un effort pour entendre ce que disait Youriana.

— Je peux, à ta demande, effacer ou modifier une scène de ton long voyage, Jacob, poursuivit-elle. À condition que rien de cela ne me touche, moi.

— Je... je pourrais faire revivre le petit xélou? demanda Jacob, l'air de n'y croire qu'à demi.

— Oui, confirma Youriana avec assurance.

Jacob comprit combien ce qu'elle offrait était infiniment précieux. Il tenta de revoir en accéléré les moments charnières de sa longue quête, revisitant les collines des roufs, la prairie, la rivière des chouyas, le cratère des géants, les montagnes de Tar, le lac d'émeraude, la vallée de pierres, la rivière cachée, la taïra, le désert de glace... Soudain, son visage s'éclaira. Il avait trouvé. Ce n'était peut-être pas possible, mais c'est ce qu'il souhaitait le plus ardemment.

— Je souhaite que Rosie ne meure pas, souffla-t-il.

— Ton souhait sera exaucé, répondit Youriana. Je te promets que la fillette géante revivra. Et même qu'un jour...

— Un jour quoi?

— Ne parle plus, Jacob… Je glisse… Je m'en vais…

Il resserra son étreinte comme si ses bras avaient le pouvoir de la retenir.

— Ne pars pas, supplia-t-il en étouffant un sanglot.

— Chut…. Ne dis rien. Serre-moi dans tes bras… Laisse-moi te respirer encore un peu…

Elle se blottit tout contre lui, une main pressée sur sa poitrine. Jacob sentit qu'elle s'accrochait. Pour lui.

— N'oublie pas, reprit-elle avec effort, j'aurai l'air de mourir, mais ce ne sera qu'une illusion. Au contraire… En me libérant de ce monde, tu me rends à l'éternité des fées. Je ne serai jamais loin, Jacob. Tout au long de mon règne, je penserai à toi et je t'assisterai. Et toi aussi, à ta manière, tu réenchanteras…

Jacob sentit Youriana tressaillir contre lui et il fut conscient de l'instant précis où les dernières forces vives s'évanouirent en elle. Il aurait toute sa vie pour imaginer la suite de la dernière phrase de sa princesse fée.

LA LETTRE

— Tu es sûr de pouvoir marcher ? demanda Jean-René Jobin. Sinon, je pourrais te porter…

Jacob émit un rire bref. Son père hésita un moment, confus, avant de rire à son tour.

— O.K. J'avoue… J'aurais de la difficulté, admit-il.

Jacob observa son père qui lui tendait un bras pour l'aider à gravir les quatre marches menant au 673 de la rue Rousseau, à Westville et sentit un brusque élan d'affection.

— J'imagine que tu es devenu un homme, c'est ça ? ajouta Jean-René Jobin d'une voix altérée par l'émotion, avec l'air de dire que son fils venait de lui jouer un sacré tour en vieillissant trop vite.

— Ça doit, répondit Jacob, touché par les paroles de son père.

La porte d'entrée s'ouvrit.

— Doux doux le gros, lança Jacinthe au moment où une grosse bête s'élançait vers Jacob.

Jacob en eut le souffle coupé. Son père l'avait déjà rassuré en affirmant que Fandor était vivant, mais il n'avait pas mentionné que leur famille l'avait adopté.

— Je t'avertis : maman n'a pas encore officiellement accepté la présence de cette énorme chose qui bave sous son toit, déclara Jacinthe. Pour ma part, je te ferai remarquer, juste comme ça, pour une prochaine fois, qu'il existe des races de chiens qui répandent moins leurs poils partout. Sinon… j'avoue… il est adorable !

Maryline avait préparé le repas préféré de son fils : poulet rôti, salade césar et frites. Jacob trouva sa mère changée. Ou peut-être n'avait-il tout simplement pas remarqué qu'elle avait autant vieilli et que son regard était si triste.

Le repas se déroula sans incidents. Ils réussirent à aborder une foule de sujets faciles : la reprise des classes dans quelques jours, les hauts faits du voyage en Alaska, les travers de Mérédith, l'amie de longue date de Jacinthe. Jacob écoutait, incapable de participer à ce bavardage, mais satisfait de l'entendre. Depuis qu'on l'avait arraché de force à Youriana, il lui semblait que son cœur ne battrait plus jamais à un rythme normal et que pendant le reste de sa vie il se sentirait amputé d'une partie de lui-même.

Toute la petite famille semblait d'accord pour lui accorder un sursis. Il échappait donc, pour l'instant du moins, à l'interrogatoire tant redouté. Il n'avait pas à expliquer tout de suite ce qu'il avait vécu chez son parrain avant qu'une équipe de secouristes ne le découvre dans un obscur boisé, après plusieurs jours de recherche, au bord de l'hypothermie et les pieds couverts d'engelures. Il n'avait pas non plus à raconter pourquoi l'infirmier de garde à l'Institut de recherche l'avait trouvé étendu sur un lit d'hôpital, étreignant une jeune fille sans vie comme s'il allait mourir en la laissant aller.

Jacob se doutait bien que des professionnels, psychologues ou autres, l'attendaient au détour. Il devrait fournir des explications un jour. Toutefois, son père l'avait déjà rassuré : il n'y aurait pas d'enquête. La jeune fille qu'il avait tenue dans ses bras était décédée de la manière la plus ordinaire du monde : son cœur avait cessé de battre après de longs mois de vie végétative.

Deux fois, au cours du repas, Jacob se tourna vers la place de Simon-Pierre, oubliant momentanément que sa chaise était et resterait toujours vide. L'absence tragique de son frère aîné rappelait à tous les membres de sa famille combien les êtres humains sont complexes et vulnérables. Et peut-être aussi combien ils sont différents. Nul ne comprenait encore ce qui lui était arrivé au cours des dernières semaines, comme nul ne comprenait vraiment ce qui avait poussé Simon-Pierre à s'enlever la vie. Jacob percevait dans le silence résigné de sa famille une marque de respect et une volonté accrue de protéger les siens.

À la fin du repas, il fut surpris de voir sa sœur se lever pour servir un dessert.

— Tadam ! lança-t-elle en déposant sur la table un gros gâteau étagé nappé de glaçage au chocolat. Je l'ai fait moi-même avec juste un peu d'aide d'une entreprise qui vend des préparations en boîte.

Jacob en dévora deux morceaux et son père aussi. Maryline grignota du bout de sa fourchette en invoquant son nouveau régime sans que personne ajoute de commentaire narquois et Jacinthe ne parut pas s'en offusquer. Leur mère donna congé de vaisselle à tout le monde, un signe de bonne humeur. Lorsque Fandor la suivit à la cuisine, elle lança en soupirant :

— Je crois que le gros mal élevé va m'aider à nettoyer les assiettes.

Jacob remarqua alors qu'une maigre étincelle de joie dans le regard de sa mère démentait son ton exaspéré. Elle ne semblait pas du tout malheureuse de voir Fandor la suivre comme un enfant, les yeux pleins d'espoir et la queue battant joyeusement l'air comme pour chasser des mouches invisibles.

En poussant la porte de sa chambre, Jacob eut un choc. Personne n'avait touché à rien, tout était exactement à la même place qu'au moment de son départ pour le manoir. Ce qui avait changé, c'était lui. Tous ces objets familiers semblaient appartenir à une autre vie ou peut-être à un autre lui-même. Le boîtier du jeu qui l'avait tant obsédé était ouvert à côté de son ordinateur. Le CD du Grand Vide Bleu était resté dans l'appareil. Il n'avait qu'à appuyer sur une touche pour replonger dans cette vaste quête virtuelle. Pendant des jours, il avait rêvé de pouvoir le faire et voilà qu'il n'en avait plus vraiment envie.

Il continua d'inspecter la pièce. Son regard se posa sur une carte postale de son ami Éloi épinglée à un tableau de liège… puis sur une photo de Simon-Pierre pratiquant sa guitare… sur un certificat qui lui avait été remis à la fin de son cours d'escalade au camp de vacances… et finalement, juste un peu plus loin, sur un paquet déposé sur la commode à côté du lit. Le paquet que Léonie avait remis à son père.

Jacob défit le cordon, puis déchira l'emballage de papier marron. À l'intérieur, il trouva une enveloppe et deux autres paquets. Il ouvrit l'enveloppe qui n'était pas cachetée, déplia la lettre et lut.

Cher Jacob,

Je t'écris alors que tu es sur le point d'accomplir la dernière phase de ta mission. La plus triste peut-être, la plus douloureuse sans doute et sûrement la plus méritoire. Je suis persuadée que tu sauras trouver en toi l'amour et la sagesse nécessaires pour prendre la bonne décision.

Théodore est mort en souffrant beaucoup parce qu'il avait déjà fortement éprouvé son pauvre vieux corps en menant des expérimentations audacieuses avec l'espoir fou de trouver la clé de l'énigme de sa vie, ce fameux sérum qui a changé le cours de son existence. Peu avant sa mort, les fées lui ont enfin livré le secret de ce que Théodore avait fini par appeler «l'hydransie des humains», car c'est bien ce qu'il avait découvert.

Ton parrain a ainsi appris que le sérum n'a pas à être dilué comme il n'a pas à être activé par un agent extérieur. S'il n'agit pas comme l'espérait Théodore, c'est simplement parce que les fées en ont décidé ainsi. Elles ont jugé que les humains n'étaient pas prêts... Un jour, dans quelques années ou dans quelques siècles, lorsque les fées sentiront que le temps est venu, les expérimentations des scientifiques donneront des résultats véritablement concluants. Les propriétés du sérum découvert par Théodore seront pleinement révélées lorsque les fées jugeront que l'équilibre des forces dans notre monde est moins précaire.

Autrement, l'hydransie des humains pourrait servir de bien vilaines causes. C'est ce que l'homme chez qui tu as failli séjourner avec ta sœur tente de faire. Il rêve de s'enrichir en commercialisant un médicament révolutionnaire que seuls les gens très fortunés pourraient acheter. Tu imagines? L'espérance de vie des humains serait grandement améliorée, mais pour un petit groupe d'individus seulement. Ceux qui détiennent le plus de pouvoir ou d'argent! Notre monde serait de plus en plus peuplé de gens comme cet homme que détestait ton parrain. Un être dépourvu d'humanité, prêt à tout pour étendre son pouvoir.

Tu penses peut-être à Zarcofo et sans doute as-tu raison. Il existe en notre monde aussi des fées et des sorciers pour qui sait les débusquer. Théodore souhaite que tu fasses alliance avec ton père, Jacob, et qu'ensemble vous protégiez son héritage le plus précieux en gardant la formule en lieu sûr. Les expérimentations qui ont lieu à l'Institut cesseront bientôt car elles ne seront jamais concluantes. Les fées en ont décidé ainsi.

Ta mission d'Élu est sans doute terminée à l'heure où tu me lis, cher Jacob, mais il te reste de grandes choses à accomplir. Les fées ont déposé en toi quelque chose d'unique et de magique… Laisse le temps cicatriser tes blessures invisibles et n'oublie jamais la morale des fées.

Affectueusement,

Léonie

P.S. : Ne me cherche pas, Jacob, et ne te fais pas de souci pour moi. Je serai là où je souhaitais être depuis longtemps.

Jacob replia lentement la feuille de papier puis il défit un des deux paquets. À l'intérieur, il trouva le testament de Théodore Jobin, un document manuscrit de plusieurs pages. Jacob le parcourut rapidement, ignorant le charabia juridique pour se concentrer sur l'essentiel, soit les dernières volontés de son parrain.

Théodore Jobin léguait à son filleul l'ensemble de ses biens, soit un manoir de quatorze pièces construit sur un immense terrain boisé, plus les redevances à venir des livres qu'il avait publiés. Il lui restait très peu d'autres avoirs, car il avait tout investi dans son projet scientifique, mais il était stipulé dans le document que l'ensemble des biens légués représentait « une fortune fort honorable ».

La dernière page du testament renfermait les passages les plus importants. Théodore Jobin désignait son frère et son filleul administrateurs à parts égales de la fondation qu'il avait mise sur pied « pour mener des recherches scientifiques de haute importance ». Il ajoutait simplement : « Je fais confiance à ces deux proches parents pour prendre les meilleures décisions. »

Le paragraphe suivant atteignit Jacob de plein fouet. Il était écrit : « Je lègue également à mon filleul Jacob Jobin mon plus bel héritage : la certitude qu'il existe un monde caché et la tâche de répandre ce qu'il est convenu d'appeler la morale des fées. »

Jacob remit le document dans sa pochette et froissa le papier qui avait servi à l'emballage. Il n'eut pas le temps de se ressaisir et encore moins de mesurer l'impact de ce qu'il venait de lire. Quelqu'un cognait à sa porte.

— Entre ! lança-t-il en sachant qui apparaîtrait.

Jacinthe entra et s'installa à côté de lui, sur le lit, sans porter attention à ce qui y était éparpillé.

— Je veux te dire quelque chose, lança-t-elle comme si elle sautait en parachute.

Jacob hocha la tête pour l'encourager.

— Je veux te dire que j'ai plein de choses à te dire, mais que j'ai besoin de faire du ménage dans ma tête avant de t'en parler. Ça tombe bien puisque les médecins ont dit que tu avais besoin de repos. Mais je voulais que tu saches tout de suite quelque chose que je n'ai jamais eu le courage de dire à Simon-Pierre. Depuis qu'il est parti... c'est fou... mais... j'ai souvent peur que les gens disparaissent autour de moi...

Jacob hocha la tête à nouveau. Il éprouvait la même chose.

— Bon. Alors… C'est tout simple. Je veux juste te dire… que je t'aime, espèce d'imbécile !

Jacob n'eut pas le temps de répliquer quoi que ce soit. Sitôt sa phrase finie, Jacinthe se leva d'un bond et quitta la chambre, comme si le feu y était pris.

Il restait un paquet. Jacob le défit en tremblant, submergé par un flot d'émotions. Il eut un moment de stupeur en reconnaissant la couverture de toile rouge et les lettres du titre tracées en creux : *La Grande Quête de Jacob Jobin.*

Jacob ouvrit le livre. Les pages étaient remplies de mots imprimés racontant ce qu'il avait vécu pendant son périple au royaume caché. Les titres de chapitres défilaient sous ses yeux, ramenant de vastes pans de l'horrible et extraordinaire voyage. Jacob tomba finalement sur des pages vierges. La deuxième moitié du livre n'était pas encore écrite.

Il trouva la page où le premier récit s'achevait, la tourna et lut le titre du prochain chapitre. Celui qui n'existait pas encore. Il tenait en un seul mot : *Rosie.*

Jacob referma le livre. Youriana avait tenu sa promesse.

DOMINIQUE DEMERS

Maïna

QUÉBEC AMÉRIQUE

Maïna, la fille du chef de la tribu des Presque Loups, amorce une longue quête, celle de son identité. Le périple de l'Amérindienne sera empreint d'émotions, de sensualité et de spiritualité. Un superbe voyage aux confins du Grand Nord, il y a 3 500 ans.

- Palmarès Communication-Jeunesse 1997-1998
- Prix du livre M. Christie 1997 – Finaliste
- Prix Brive/Montréal 12/17 1997 – Finaliste
- Prix du Gouverneur Général 1997 – Finaliste

Dominique Demers

Marie-Tempête

Roman

QUÉBEC AMÉRIQUE

L'intensité du premier amour, l'atrocité d'un départ définitif, l'émerveillement d'une maternité pourtant bouleversante… Serait-ce trop pour la belle Marie-Lune ? Chose certaine, l'adolescente devra braver les pires tempêtes de la vie pour aller jusqu'au bout d'elle-même.

Un hiver de tourmente
- **Prix du livre M. Christie 1993**
- **Palmarès Communication-Jeunesse 1992-1993**

Les grands sapins ne meurent pas
- **Prix du livre M. Christie 1994**
- **Palmarès Communication-Jeunesse 1993-1994**
- **Prix Imprimerie Gagné Livromanie 1993-1994**
- **Prix Ibby 1995 – Liste d'honneur**
- **Prix Québec/Wallonie-Bruxelles 1995**

Ils dansent dans la tempête
- **Prix du signet d'or 1994**
- **Palmarès Communication-Jeunesse 1994-1995**

La suite du best-seller *Marie-Tempête*!

Malgré la peur de faire fausse route et de blesser ceux qu'elle aime, Marie-Lune part à la recherche de l'enfant qu'elle a donné en adoption il y a maintenant seize ans. Pour en finir avec les regrets et les non-dits, pour aller de l'avant… pour rallumer les étoiles.

Un pari qui a pour enjeu la survie d'une itinérante arrivée à l'urgence sans papiers, sans identité. Un pari qui révèlera la vie secrète de Maximilienne, une femme médecin qui ne pourra plus échapper aux fantômes de son passé.